若さま同心　徳川竜之助【六】

飛燕十手

風野真知雄

双葉文庫

目次

序章　金太郎のような少年　7
第一章　雪駄《せった》の弁慶　22
第二章　能書きそば　100
第三章　夢の花嫁　163
第四章　駆けめぐる夜　212

飛燕《つばくろ》十手

若さま同心 徳川竜之助

序章　金太郎のような少年

少年は、いかにも上機嫌といった顔つきで、山を下ってきた。

いまは山仕事をする者にとって、もっとも嫌な季節なのである。中途半端に雪が溶け出し、足元はぬかるみ、そのくせ大気は冷たく、草鞋《わらじ》をぐちゃぐちゃにして足の指をかじかませる。

ところが、少年は足元が悪いことも山歩きの面白さの一つとでも思っているように、軽々と楽しそうに、下りてきていた。

面立ちから、若者というよりも少年の年頃だろうと想像はつくのだが、体格は立派なものである。五尺六寸（約一七十センチ）、いや七寸に近いかもしれない。首は太く、湯気が立ち昇る肩のあたりは、筋肉が盛り上がっているのがわかる。

少年は杉の木立の途中で立ち止まった。

里が見えていた。

「ああ、着いたらしいな」

と、愉快な発見でもしたように、顔を輝かせて言った。額から汗がぽたぽた滴り落ちる。

そのとき、背後で小さな雪崩《なだれ》のような物音がした。

――ん？

茶色のつむじ風。固くなった雪がはじけ飛んでいる。いや、風ではない。巨大な猪が駆け下りてきていた。

少年を狙っているのか、まっすぐこちらに向かってきている。

いったんは刀を抜いたが、思い直したらしく、ふたたび鞘におさめた。

「さあ、来い」

組み止めようというのか、少年は手を広げ、仁王立ちになった。だが、ぶつかるかと思ったとき、

「たぁっ」

掛け声とともに宙に飛び、そのまま猪の背に下りて跨《また》がった。荒馬の調教でも仕事にしているのかと思ってしまうほど、敏捷《びんしょう》な動きだった。

猪は目標が突然消えたことに気づいたのか、気づかないのか、背中の重みも気にならないのか、そのまま坂を駆け下りる。

里が近づき、黒い土を見せはじめた畑を耕している男も見えてきた。

「やっ」

少年は猪の背から飛び降りた。猪は勢いがついたまま、里へ向かって行く。

畑を耕していた男は、地響きに気づいてこっちを見ていた。

男はそばに置いていた刀のところに行き、猪を待った。

真っ向から斬ってかかるつもりらしい。

だが、あの巨大な猪の突進である。

なまじ斬りつけたくらいでは、巨体にはじき飛ばされるのが関の山だろう。

少年は興味深げに見守った。

ぶつかる寸前、男は無言のままに刀をふるった。

猪の頭部で煙りのように血潮が湧いた。と同時に、猪は押され負けしたように停止し、がたりと砕けた。

勢いに負けてはじき飛ばされることもなく、まさに一刀の下に斬り捨てたのである。さっきまで畑で鍬《くわ》をふるっていた男が。

少年はすっかり感心し、嬉しそうにこう言った。

「へえ。さすが柳生《やぎゅう》の里だな」

柳生与之七《よのしち》は、猪がきたほうから、少年がやってくるのを黙って見ていた。少年は猪に気づいたとき、いったんは斬ろうかと思ったが、斬らずに背に飛び乗った。斬るよりもむしろ、そっちのほうが至難である。

少年というのは遠目にもわかったが、近くで見れば見るほど逞《たくま》しい少年だった。そのくせ表情などに険しさはない。目に素直な輝きがあり、頬は金色に見えるくらい健康そうに光っている。

——金太郎のようだ。

と、柳生与之七は思った。熊と相撲を取りながら成長し、これから源《みなもとの》頼光《よりみつ》の家来になろうという頃の金太郎。

「こんにちは」

と、少年は笑顔で挨拶した。

「うむ」

与之七も微笑んでうなずき、

「笠置山《かさぎさん》のほうから来たようだが？」

と、訊《き》いた。柳生の里にはちゃんと街道が交差している。猟師でもなければ、わざわざ山を越えてくる者はいない。

「はい。京から山を越えて」

京からここまで距離はそう遠くはない。だが、街道を来たらの話で、山を越えたというなら鷲峰山《じゅうぶさん》と笠置山という峻険《しゅんけん》な峰を越えてこなければならない。

「ふうむ。京の者には見えぬがな」

とはいえ、武士の子らしさはある。山奥で隠れ育った落ち武者の倅《せがれ》といったところだが、いまどき落ち武者などというのは芝居の中にしか出てこない。

「あは」

少年はからかわれたと思ったらしく、頭をかきながら笑った。

「何の用だ？」

「はい。葵新陰流《あおいしんかげりゅう》のことを訊《き》きたくて参りました」

「なんと」

柳生の里にとって、いま葵新陰流の名は、この世でもっとも鬱陶《うっとう》しく、対応に苦慮するものとなっている。打倒、葵新陰流。それを目差して、この里が生んだ天才剣士柳生全九郎《ぜんくろう》が刺客として江戸に赴いた。

しかし、その柳生全九郎は、葵新陰流の後継者である徳川竜之助《とくがわりゅうのすけ》と戦って敗れ去ったのだという。

柳生全九郎は、里の総師とも言うべき月照斎《げっしょうさい》を一刀のもとに斬り捨てて、江戸に旅立った。正当な立ち合いだったから、月照斎の死は仕方がない。だが、その全九郎が敗れ去ったということが、最大の衝撃として、里を暗い沈黙の中に叩きこんでいたのだった。

「各流派の遣い手は、葵新陰流の後継者を破ってこそ、天下一の流派を宣言することができるのだと聞きました」

「誰に？」

「旅の武芸者に」

「ふうむ……」

噂が出回っているとは聞いていた。

京を中心に全国に広がりつつある倒幕の機運。それに乗って、徳川の武術まで地に落としてやろうとしている。誰かが煽動している。だが、もはや誰かの意向を離れ、機運として動き出している。こんな少年が訪ねてくること自体、機運の盛り上がりを示しており、もはや、誰にも止められないのだ。

「お訊ねするにはご宗家に伺わなければいけませんか?」

少年は透き通る声で訊いた。いちおう礼儀もわきまえている。爽やかな笑顔が、礼儀の堅苦しさを踏み越えてしまっているが。

「いや、あらかたのことはわしも答えられるがな。宗家ではないが、その親類筋に当たる者だ。だが、聞いてどういたすつもりだ?」

「むろん、わたしが戦いを挑み、打ち倒す所存です」

「ほう。そなたが……」

この少年が相当に遣うことはわかる。

だが、あまりにも若い。

もっとも、柳生全九郎も若かった。

「いくつかな」

「十五に」

江戸に行った時の柳生全九郎と、二歳しか違わない。しかし、発散する輝きは太陽と月ほどに違う。もちろん、こっちが太陽。全九郎のは冷たく、青白い月。

「流派は?」

と、与之七は訊いた。

「新当流《しんとう》を」

「ほう。それはまた」

古流である。一つの太刀。あるいは秘剣〈笠の下〉は、伝説の剣として知られる。いまはほとんど遣う者を見ない。だが、一部、京都の貧乏公家に伝わったという話は聞いたことがある。この少年も、高貴な血を受け継ぐ者なのか。

「葵新陰流と戦うには、どこへ行けばよろしいのでしょう?」

もはや、噂は駆け巡っているのだ。いま、ここで教えなくても、少年はどこかから知りうるはずである。

「江戸にいくしかないな」

「やはり」

すこしがっかりした。ここに来れば、たまたま葵新陰流の後継者に出会えるような、そんな偶然も期待していたようだ。いかにも少年らしい楽天的な旅立ちだったのだろう。行けばなんとかなるさと。

「葵新陰流の正統を継ぐお方は、福川《ふくがわ》竜之助と名乗って、江戸南町奉行所の見習い同心をなさっている」

「ははあ」

矢立てと筆を取り出し、持参した手帖にゆっくり、いま言ったことを記した。書くのを手伝ってあげたくなるほどに遅い。与之七は手習いの師匠になった気がして、そっと苦笑した。

「そうですか、やはり江戸に」

書き終えて顔をあげた。

「うむ。江戸へ行ったことは？」

「いえ、ありません。面白いところだそうですね」

与之七は何度も行ったことがある。にぎやかで、やたらと人が多いのには呆《あき》れるが、面白いと思ったことがない。この里にもどるたびにほっとしていた。

「それはどうかな」

「では、ありがとうございました」

少年は立ち去ろうとしていた。

与之七は、この少年の名前を訊いていなかったことを思い出した。

だが、訊く前に、あまりの愛らしさについ甥《おい》っ子をからかうような気持ちになって、

「金太郎かな？」

と、言ってみた。

「え？」

「そなたの名前は」

「どうして、それを？」

真面目な顔である。

「金太郎なのか？」

「ええ」

また、大真面目な顔でうなずいた。嘘偽りは微塵《みじん》もない。

「それはまたよく似合った名だ。いや、失礼した」

少年は恥ずかしげな顔をして背を向けようとした。

「待つがいい」

と、与之七は呼び止めた。

「は？」

「そっちに道場が見えるな」

「はい」

大きなかやぶきの建物で、じつは道場には見えない。だが、ほかに建物がないから、少年もうなずいたのだろう。

「そのわきにな、腕試しの通路がある。通ってみてもよいぞ。剣のすぐれた遣い手だけが通ることができるという道だ」

「はい。それはぜひ」

少年は嬉しそうにうなずき、そちらに向かった。

ちょうど、母屋のほうから与之七の母方のいとこの又蔵《またぞう》がやってきた。

「誰だ、あの子どもは？」

「葵新陰流に立ち向かうそうだ」

「ほう。素直そうな少年だな」

「じつに」

「全九郎とは大違いだ」

と、又蔵は顔をしかめた。又蔵も、全九郎には打ちのめされた口だろう。うっかり相手をすれば命もあやうくするので、しまいにはみな、目を合わせることすら避けるようになっていた。

全九郎がその道場で、夜中まで剣をふるっていた掛け声が、与之七はいまも聞こえる気がする。天才と言われたが、しかしあの少年には剣しかなかったのだ。

「まったくだ。いま、あの全九郎の道を通るぞ」

「かわいそうなことにならねばよいが」

と、又蔵は心配そうに見つめた。

不思議な通路だった。

入り口から出口までは、二十間ほどもあろうか。

一歩踏み込むや、およそ二十ほどの仕掛けが次々に作動する。それは横なぐりに襲いかかる丸太だったり、下から突き出される竹槍だったり、真上から斬りかかる刀だったりする。全九郎は自ら考案したこの仕掛けをしばしば順番などを変えたりしつつ、一つ残らず斬り払いながら進んだものだった。

金太郎という名の少年は、その細い通路の前に立った。

ほんのすこし、ようすを窺《うかが》うようにすると、こちらを見てにこっと笑い、いきなり駆け出した。

「あっ」

見ていた与之七は、思わず声を上げた。

いっきに走り抜けようというのだ。

「無理だろう」

と、又蔵は呻《うめ》いた。少年の腹に竹槍が突き刺さるさまでも想像したのだろう、眉《まゆ》に深い皺が寄っている。

「いや、行けるかもしれぬ」

なんのためらいもなく走り抜けていく。

途中、刀をふるうこと数度。仕掛けも稼動してはいるのだが、走るのが速すぎて、すべて空振りに終わっていく。わずか二十間、たちまちのうちに通り抜けた。

「やった」

思わずあげた与之七の声には、喜びの色がある。

まもなく、通路はめりめりと音を立てはじめ、横に傾《かし》いだかと思うと、凄《すさ》まじい音とともに崩れ出した。

少年は刀をふるい、いくつかあった柱の右側だけを断ち切っていたのである。床柱とまではいかないまでも、片手で握りきれないくらいの柱が斜めに両断され、地すべりでも起こすように、仕掛けは崩れ落ちていった。

「なんと」

「凄まじい」

柳生の里の男二人も、これには啞然《あぜん》とするばかり。

「われらも全九郎のような偏頗《へんぱ》な天才ではなく、あのようなのびやかな天才が欲しかったものよ」

と、柳生与之七は目を細めてそう言った。

「だが、全九郎はわしらがつくりたくてつくった人間ではないのだ」

又蔵は苦々しげに言った。全九郎のことについては、いろいろ隠された事情がありそうだが、しかし与之七はそのことを直に聞いたことはない。

「どういうことだ？」

「なあに、あれは操られた哀れな人形だったのさ」

と、又蔵は嫌な思い出でも語るように、遠い目をして言った。

金太郎は駆け抜けて、後ろを振り向いた。たいして息も切れていない。もう三倍ほど長かったら、さぞや面白かっただろう。

呆れたようにこっちを見ている男たちに軽く頭を下げ、柳生の里をあとにした。

　このまま江戸に向かおうか……。

　食いものならなんとかなる。川には魚が泳ぎ、空を鳥が行く。生きものを殺すのは好きではない。食う分だけを捕り、むやみに命は奪わない。さっきあの人が倒した猪の肉を、もらってくればよかったかもしれない。

　それとも、いったん家に帰って、路銀の用意くらいはしたほうがいいか……。家はそう裕福ではない。だが、金太郎が学ぶための金くらいはちゃんと貯めていると言っていた。それをもらってから行こうか。

　道端の棒を空に放り投げて占うことにした。

　棒の細いほうが右に向けばこのまま江戸へ。

　左に向けばいったん家に。

「えいっ」

　金太郎は、青い空に向かって棒を高々と放り投げた。

第一章　雪駄《せった》の弁慶

一

一石橋《いっこくばし》は、外濠の水が日本橋川《にほんばしがわ》に入り込むところに架かっている。木造のなかなか立派な橋である。川の二町ほど下流にある日本橋と比べたらかわいそうだが、どっしりして、江戸の真ん中にふさわしい橋になっている。

この上に立って、お城のほうの落ち着きある佇《たたず》まいを眺めてもいいし、振り向いて日本橋周辺の喧騒《けんそう》に圧倒されるのもいい。いずれにせよ、ここからの眺めも素晴らしい。

一石橋の名の由来については、巷間《こうかん》、橋の北と南に金座の後藤と呉服の後藤がいて、五斗と五斗で一石だからと言われてきた。

だが、これは間違いらしい。

かつて、永楽銭《えいらくせん》の使用が禁じられたときに、永楽銭一貫文を持ってきた者に玄米一石をここで支給した。その名残りが一石橋の名前になったのだという。

いま、一石橋は濃い夜霧におおわれていた。

ここは夜景もきれいに見えるのだが、今宵《こよい》はそれも難しい。

その霧の中を提灯《ちょうちん》が一つ近づいてきた。明かりは白くぼんやりとして、何年も彷徨《さまよ》いつづけている魂のようである。

歩いてきたのは、初老の男である。

仲間うちからは、「五左衛門《ござえもん》さん」か、「遠州屋《えんしゅうや》の隠居」と呼ばれる。

ただ、遠州屋というのはもう存在しない店である。

三年前までは、その屋号で出版業をしていた。そこそこ儲《もう》かっていたのだが、倅は出版なんて辛気臭いことはしたくないと、あとを継ぐのを嫌がった。それで店は売り、五十二で隠居となった。

その倅はいま、遠州屋を売った金の半分を元手に、亜米利加《アメリカ》や仏蘭西《フランス》の鉄砲や短銃《たんづつ》の贋物《にせもの》をつくって売る商売を始めた。これがものすごく儲かっているらしい。

そのうち捕まるぞと脅しているが、贋物を本物と言って売るのはまずいが、贋物として売るのはいいのだという。

――ほんとにそうなのか。

ちょっと心配になる。

身内の心配で気持ちが暗くなったが、

――そういえば、秋風亭忘朝《しゅうふうていぼうちょう》のやつも短銃の話をしてたっけ。

つい、思い出し笑いをしてしまう。まったく、あんなことを言っていいのだろうか。

異人たちが日本にやって来ると、日本の男たちは皆、頭に短銃をのせていると思ってしまうらしい。だったら、ほんとに短銃をのせることにしようだと。ただし、侍は刀という立派な武器があるんだから、頭に短銃をのせるのは町人だけでいい。

刀と短銃。どっちが強いかな。

夷狄《いてき》と戦ったあと、生き残ってるのは全部、町人だったりして……だと。

気弱そうな顔をして、大胆なことを言うものである。

「おい」

乏しい明かりの中に、いきなり男が浮かび上がった。

「うわっ」

思わず悲鳴を上げた。遠州屋の隠居の頭に、「追いはぎ」という言葉が咄嗟《とっさ》に浮かんだ。こんなふうに世が乱れてくると何が出てきても不思議はないが、ここはお江戸のど真ん中である。強盗や人殺しは出ても、追いはぎは出ないのではないか。

しかも、ここはお濠端で南に一町ほど行って呉服橋《ごふくばし》を渡れば、北町奉行所の前に出るというところである。

ここらに追いはぎが出るようでは、徳川さまの天下もおしまいだろう。

遠州屋の隠居は、上目使いにそっと、声をかけてきた男を窺《うかが》った。

町人の風体《ふうてい》である。手ぬぐいで頬かむりをしていて、顔はよくわからない。だが、声や身体つきを見ても若い。大男だが、機敏そうである。

遠州屋の隠居は、若いときこそ相撲《すもう》が強かったりしたが、いまはすっかり肉もだらけてしまい、ちょっと動くと息が切れる。逆らってもかなうわけがない。

「命だけは……」

と、手を合わせて祈るしぐさをした。

「安心しな」

「金なら」

急いで財布を取り出そうとする。

そんな多くは持ち歩かないが、そこそこの料亭で痛飲できるくらいは入ってい
る。酒はそれほど好きではないが、急な付き合いというのもある。

「金はいらねえ」

「え？」

「その履いてるやつをもらいてえのさ」

「雪駄《せった》を？」

はだけた着物の下に何重にも巻いたさらしと、短刀をひそませているのがちら
りと見えた。恐怖がいっきにふくれあがる。

「早くしな」

向こうから提灯の明かりが近づいてくる。大声を上げたりすれば、駆けつけて
くるだろう。お濠の反対側には大番屋も見えている。だが、その前に置き土産で

ぐいっと腹のあたりをえぐられるかもしれない。

「へ、へい」

慌てて脱いで渡す。革張りの雪駄である。家の近くの履物屋《はきものや》で買った。悪いものではないが、わざわざ盗むほどのものではない。贔屓《ひいき》の職人に頼んだ上等な雪駄は、夜、ふらっと出歩くようなときには履かない。

「家に帰ると、もうすこしましな雪駄もありますが」

「そっちもくれるってかい？」

「いえ」

言ってしまって、これだから商人は嫌だなと思った。お愛想が癖になってしまっている。

「じゃあな。町方になんざ届けねえほうがいいぜ」

「ええ。届けませんよ」

卑屈な笑いを浮かべて言った。

それにしても、どこかで見たような……。霧の中。突然、現われた大男。目的の物を奪うと、静かに去って行く。

――刀を集めた弁慶でも気取ったかかな。

遠州屋の隠居は、首をかしげて雪駄泥棒を見送った。

そこへ近くの番屋の番太郎が、提灯を突き出すようにやってきて、

「どうしました？」

と、訊《き》いた。

「いえ……」

「裸足《はだし》ですね」

「まあね」

言うか言うまいか迷った。

どこへ行っていたかとかいろいろ訊かれたくない。だが、見られた以上、黙りとおすのは逆に痛くない腹を探られることになる。

「じつはね……」

と、遠州屋の隠居はいま、身に起きたできごとを語り出した。

二

南町奉行所の見習い同心、徳川竜之助——いや、奉行所での名は福川竜之助だが——は、自宅の庭に出て、十手の稽古をしていた。

両手で刀を持つように構える。

よく磨きこんでいて、朝の光にきらきらと輝く。与力の中には、これに銀めっきをほどこしたりしている洒落者《しゃれもの》がいたりするが、竜之助のそれは素朴なものである。なんの気取りも贅沢《ぜいたく》もない。

握りのところには赤い紐が巻きつけられている。これにやたらと立派な房をつけている者もいるが、竜之助のものはこぢんまりした房である。そのほうが見栄《みば》えもいいはずだと思っている。

眼前の敵を想定し、十手を振った。

ヒュウン。

と、音を立てる。

ヒュウ、ヒュウ、ヒュウン。

生垣の向こうを通った腰に十手を差した中年の男が、驚いてこっちを見た。ただ十手を振ったくらいでは、あんな音を立てないことを知っているのだ。

むろん、竜之助の振りが並外れて速いからである。

風鳴《ふうめい》の剣は風をとらえるために音が出やすいような刃紋や隠し紋を利用した。十手にそんな仕掛けはない。

ただ、棒のところはいくらか細身にしてある。

刃がないとはいえ、鉄の棒である。重みで骨を砕いてしまうこともある。十手でそこまでの損傷を与えたくない。捕り物の道具なのである。

長さはふつう、町方の同心たちが携帯しているものよりは少し長め。一尺三寸（約四十センチ）ほどある。

刀と戦うときは、短い十手は不利と思われがちだが、十手には鉤《かぎ》がある。これが遣いようで素晴らしい威力を発揮するのだ。

敵は刀の先で突いてくる。おそらく、ほとんどの敵はそうする。刀のほうが長いからである。

自分は安全なところにいて、攻撃だけできたら、こんなにいいことはない。十手の届かない位置で、刀の先で突きたくなってしまうのだ。

そんな小鳥のさえずりのような突きは怖くはない。かわすのも難しくはない。ずっとかわしつづけることもできる。

決着をつけない。それはひとつの境地であり、かなり深遠な極意ではあるのだが、これは捕り物の技である。一刻も早く捕縛しなければならない。

そのため、突きをかわした瞬間、大きく踏み込んでいく……。

「若さま」

「うん」

「お相手いたしましょうか」

縁側で稽古を見ていたやよいが言った。

元は田安《たやす》家の奥女中をしていたこの女は、忍びの術を遣う。しかも、かなりの腕である。それについては、いろいろ仔細《しさい》がありそうなのだが、竜之助はとくに訊かないようにしている。言いたくないこともあるだろうと思うからである。

「相手してくれるか」

「はい」

やよいは木刀を取って来た。竜之助のものではない。女の力に合わせて細身になっているが、やよいなら重い木刀でも軽々と振り回せるはずだった。

「いきます」

やよいはいろんな攻撃を仕掛けてくれる。太刀筋をひとつずつ検討させてくれるつもりなのだ。なかなか気が利いている。

実戦となると、基本の動きだけでなく、いくつもが組み合わされたり、体勢が乱れたりする。それでも基本は大事である。

上段、下段、すれ違って胴、小手……。どれも鋭い。

竜之助もやよいがこれほどやるとは思わなかった。

いっきに踏み込んできて、下段からの木刀が伸びてくる。

これを十手についた鉤のところで受けた。鉤はいくらか開き気味になっているので、木刀の身もはさむことができる。受けてすぐ、ぐっとひねった。

「あっ」

やよいはたまらず手を放し、木刀は二度三度回って地面に落ちた。

「受身の武器として使うつもりですね」

「ああ、そうだ」

しかも、捕り物だけでなく、葵新陰流に挑んでくる他藩の新陰流の剣士たちにもこれで立ち向かうことができたらと思っている。風鳴の剣だけでなく、いまや刀そのものも使いたくない気持ちである。だが、一流の剣士たちを、十手で相手できるのかどうか。なにか新しい技を編み出す必要があるだろう……。

「もう一度いきます」

「よし」

間合いが近くなる。

二、三度、受け、踏み込んできたところに足を飛ばした。
やよいの身体がふわりと飛んだ。

高々と宙を舞い、やよいはそのまま眠りたいような気持ちで地面に落下していった。

落ちる寸前、竜之助が頭と背に手を当て、衝撃をやわらげてくれた。

うっとりしたような調子でやよいは訊いた。

「若さま。本当に風鳴の剣は封印なさったのですか？」

「そうだよ」

さらりと言った。逆に、それがやよいに決意の固さを感じさせた。

竜之助は十手をくるくるっと回してさっと帯に差した。

「まあ」

このしぐさは、やよいが見てもさまになる。通りでやろうものなら、若い娘たちがきゃあきゃあ大騒ぎする。

そこへ、庭先から声がかかった。

「福川さま。大滝《おおたき》さまと矢崎《やざき》さまがお待ちですが」

奉行所の小者が呼びに来たのだ。

「おいらを？」

「はい。ちっと、動いて欲しいことがあるそうで」

「あら、竜之助さまは今日は非番でございましょう」

と、やよいは不満げに言った。

別にやよいとどこかに行く約束があるわけではない。忙しすぎる下《した》っ端《ぱ》同心を休ませてあげたいという優しい気持ちもあるらしいのだ。

「まあ、いいさ。別に疲れてもいないし、お役に立てるうちが華ってもんだ」

竜之助は着替えのため、いったん奥に引っ込んだ。

三

お濠端にすこしだけ春の気配が感じられた。

蜂須賀《はちすか》家の江戸屋敷の塀からのぞいている赤い色は、おそらく桃の花だろう。濠の土手の途中には、菜の花の黄色がちらりと見える。

すっかりやすらいだ気分になった。

このところ、江戸の治安はあまりよくない。

浪人者が商家を強請《ゆす》る事件は相変わらず頻発している。

加えて、辻斬りも多い。

さすがにお城の周囲では起きていないが、本所深川《ほんじよふかがわ》や白金《しろかね》、青山《あおやま》あたりでは、日が落ちたあとは危なくて歩けないといった声も上がっていた。

奉行所の同心たちもどことなく苛々《いらいら》している。

だが、それでも人の世の騒ぎとは別に、草花はちゃんと自分たちの仕事を遂行している。それどころか、殺伐とした世を慰めてくれる。つくづくたいしたものだなと思ってしまう。

「どうも。お呼びでしたか」

暢気《のんき》な顔で同心部屋に入った。

他の同心たちは出てしまって、定町廻りの大滝治三郎《じさぶろう》と、矢崎三五郎《さんごろう》だけが同心部屋にいた。

矢崎は火鉢の灰をかきまぜながら、

「遅いぞ」

と、小言を言い、大滝はそれをとりなすように軽く微笑《ほほえ》んで、

「すまんな」

と、詫びた。

「いえ」

「福川にぴったりと言うか、またおかしなことが起きたのでな」

「変な事件は、変なやつでないと解けねえのさ」

大滝は遠慮がちだが、矢崎は機嫌が悪い。

矢崎の機嫌が悪い理由はわかっている。五日ほど前に、夜の町で火付け盗人《ぬすっと》と遭遇して、走って追いかけたのだが逃げられてしまったからである。

八丁堀で最速の同心を自負する矢崎三五郎にはあってはならない失態だった。

三日間は見るも哀れなほど悄然《しょうぜん》とし、この二日はやたらと怒りっぽい。

だが、この火付け盗人が速いのは当たり前だった。現役の飛脚で、仲間うちでも速いと評判の男だったのである。これまでも何度か火付けをするところを目撃されていたが、足の速さで逃げ切っていたのだった。

幸い、この悪党は、別のほうから追ってきた火盗改めに捕縛されたが、矢崎の憤懣《ふんまん》はやるかたない。

「まあ、しばらくは触らぬ神に祟《たた》りなしだな」

周囲の同心たちはそう言って、しらばくれている。同僚たちはそれでいいが、当たられる竜之助はたまったものではない。

「すみません、遅くなりました」

と、つづいて岡っ引きの文治《ぶんじ》もやってきた。

二人がそろうと、まずは矢崎から話しはじめた。

「じつは、昨日、西河岸町《にしがしちょう》の番屋の番太郎から聞いた話なんだがな……」

「昨日ですか」

竜之助は、昨日は江戸の端のほうを大きく回ってきたのでもどりの時刻が遅れ、みな、帰ってしまったあとだった。

矢崎はざっと雪駄泥棒の話をした。

「へえ。そりゃあ、また、すっとぼけた泥棒ですね」

と、竜之助も苦笑する。

「どうやら、一石橋のところで雪駄を盗られたのは番太郎が知っているかぎりでは三人目だったらしい」

「らしいというのは？」

「その三人もたまたま見かけたので、別に訴えがあったわけではねえのさ」

「では、ほかにもいるかもしれないと」

「ああ」

竜之助の察しが良すぎたのがまずかったか、矢崎はむっとしてうなずいた。

「同じ話をわしも聞いているのだ」

と、大滝が言った。「わしは品川町《しながわちょう》と、瀬戸物町《せとものちょう》の番屋で聞いたのさ。一石橋で一人と、西堀留川《にしほりどめがわ》の中之橋《なかのはし》で一人、やっぱり雪駄を盗られた」

「みんな雪駄ですか、下駄や草履《ぞうり》はないんですね？」

「ああ、みな、雪駄だったな」

「いいものなので？」

と、竜之助は訊いた。江戸では突然、変なものが流行したりする。名工がつくった金の雪駄でも新しい流行《はやり》になっているのかもしれない。

「じつは、くわしく訊けたのは五人のうち三人だけでな」

と、大滝がいったん矢崎を見て言った。

「怪我でもしたのですか？」

「いや、たかだか古びた雪駄を盗られたくらいで、いろいろ話をさせられるのはごめんだと、二人は逃げちまったのさ」

「なるほど」

そういう人は少なくない。雪駄一つのことで、番屋で一刻（二時間）も話をさせられたりするくらいなら、その分、働いたほうが雪駄十足分ほどは稼ぐことができるというものである。

「その、逃げた二人も含め、履いていたのはふつうに使っているもので、とくにいいものでも余所《よそ》行きのものでもなかったらしい」

「では、抵抗して、怪我をした者は？」

「いない。皆、年寄りとか、気の弱そうな男だったらしい」

「五人とも橋の上ですか。まるで弁慶ですね」

と、竜之助は夜霧の一石橋を想像しながら言った。

「弁慶？」

と、矢崎が訊いた。

「ええ。千本の刀を集めるという願をかけ、五条大橋《ごじようおおはし》で夜な夜な刀を奪ったというやつです。ほら、ちょうど千本目に牛若丸《うしわかまる》が現われて……」

「なるほど、弁慶を気取ってやがるのか」

と、矢崎が感心して言った。そんなことはまるで思ってもみなかったらしい。

「いや、わかりません。僧衣を着ていたり、七つ道具を背負ったりといったことは？」

「いや、そんな乙なことはしてねえ」

「では、そんなつもりはないのかもしれませんね」

弁慶を気取るなら、それくらいはするだろう。僧衣も七つ道具もニセモノですませれば、たいして手間はいらないのだから。

それに、弁慶のように何かを誓ったりするなら、弱い者いじめだけじゃ願いも叶わないと思ったりするのではないか。

「たいして高価なものではなくとも、いちおう脅して盗ってるんだ。当然、町奉行所が動くべき事件だろう」

と、大滝が言った。

「おいらもそう思います」

それに変わった事件というのは、目に見える部分がたいしたことはなさそうでも、意外に奥が深かったりする。悲鳴をあげる前の変な顔といったところか。

ただ、一石橋の場所について、疑問がわいた。

「あれ？　一石橋といったら、北町奉行所のすぐそばじゃないですか。あちらがもう追いかけてるでしょうよ」

「ところが、足元のことは騒ぎ立てたくねえのさ。愚弄《ぐろう》されていると世間に言うようなものだし。こういうときは無視したほうがいいと判断したのだろうな」

と、大滝が答えた。

「はあ」

そういう考え方はよくわからない。

「なんで雪駄なんざ盗るのか、まあ、だいたい想像はつくわな」

と、矢崎は言った。

「そうなんですか？」

「ああ。単純なことだよ。たとえば、盗みの下手人が現場に変わった足跡を残した。あるいは、下手人の雪駄を見た。その同じものを捜しているのさ」

「捜しているのは？」

「盗まれたヤツだよ。いわくのある金で、奉行所などには届けられねえのさ。なんとかてめえたちの手で捕まえようってわけだ」

表沙汰になっていない事件は山ほどあるから、自分たちが知らない事件があっても不思議でもなんでもない。

「でも、下手人のほうは、雪駄から足がつくと思ったら、捨ててしまえばいいだけじゃないですか」

「なあに悪党なんてのは単純で気づいていねえのさ。足跡を残したことや、変わった雪駄を見られたかもしれないなんていうことは」

「そうでしょうか……」

だったら、その雪駄を履いている者のあとをつけたりして、家を探り当てるのが先だろう。途中で雪駄を奪う理由は何もない。

だが、それを言えば、矢崎はますます機嫌が悪くなるだろう。どうせ、その矛盾には気づくだろうと、いまは黙っていることにした。

とりあえず出ようとすると、矢崎に呼び止められた。

「おい、福川」

「なんでしょうか？」

「おいらの走り方に悪い癖でもついてきたのか、ちっと見てくれねえか。なんだか足が遅くなってきたのかもしれねえ」

やはり、相当、気にしているのだ。

竜之助が承知すると、奉行所の前に出て、お濠端を行ったり来たりして見せた。

矢崎にとってはもちろん冗談などではない。だから、竜之助もちゃんと見た。

腿《もも》は高く上がっている。踵《かかと》から地面につき、つま先で強く大地を蹴っている。躍動的な動きで、以前と比べても決して遅くなっているとは思えない。

「どうだ?」

「いや、いい走りだと思いますよ」

と、竜之助は自信を持って言った。

四

「まったく妙なことが起きますね」

歩き出してすぐに文治は言った。

「うん。だが、面白そうだぜ」

竜之助は暢気なものである。

まずは、お濠端を一石橋へと向かった。

桜の木が並んでいる。いや、桜だけではない。柳と松と桜がほぼ等間隔になっている。その桜の花がぼちぼち蕾《つぼみ》を持ちはじめている。近ごろは、駒込《こまごめ》の染井《そめい》でつくられた染井吉野という品種が流行しているらしい。この品種は成長が早く、たちまち立派な木になる。どうもいま蕾をつけているのも、その染井吉野らしい。

その蕾を眺めながら、

「じつは、福川の旦那がどうして奇妙な事件を次々に解決できるのか、考えてみたんです。すると、福川さまという人は、誰も見ないところからものごとを見るってことに気づいたんでさあ。横に回ったり、裏に回ったり」

と、文治が言った。

「そうかね。自分じゃそんなつもりもねえんだが、根が天邪鬼《あまのじゃく》なのかな」

「いや、捕り物の才なんですよ。それで、さっき話を聞きながらあっしも考えたんです。雪駄を奪ったけど、ほんとはそんな履き古した雪駄なんざ欲しいわけではねえ。じつは、目的は雪駄じゃなく、足の裏を見ることだったんじゃないかって」

「足の裏！」

「あるいは、膝の裏あたりを」

「へえ、面白《おもしれ》えなあ」

「そうでしょう。あっしもこの筋でいけるかなと思いました」

「なるほど」

と、竜之助が腕組みすると、文治もしてやったりという顔になった。

「でも、変だぜ」

「何がですか？」

「それだったら、雪駄に限らない。下駄や草鞋でもいいだろ。五人が五人とも雪駄というのは、やはり雪駄が狙いなんじゃねえか」

「たしかにそうですよね。ひどいよ、旦那。感心してみせたりして」

「いや。感心したのは本当さ。そんなふうにまるで違うところから眺めるってのは、大事だと思うぜ」

話をするうち、一石橋の手前に来た。

西河岸町の番屋の者にざっと話を訊いた。だが、矢崎や大滝から聞いた以上のことはなかなか聞けない。あの二人はさすがに訊くべきことはちゃんと訊いているのだ。

そこで、直接、遠州屋の隠居の話を訊くことにした。身元のわかっている三人のうち、薬種問屋の若旦那の話は大滝が直接訊いたが、矢崎が訊くべき遠州屋の隠居と目医者の話はまだだという。

一石橋の南にある呉服町の裏道に入る。ここらは裏店《うらだな》とはいっても、みすぼらしい長屋はない。隠居家のような一軒家がほとんどである。

竜之助は、道を歩きながら、あたりをきょろきょろと眺める。

「何か捜してるんで？」

「ああ。雪駄を捨てたりしてねえかと思って」

「集めてるんじゃねえと思ってるんですね」

「いや、決めつけたわけじゃねえんだ」

下駄が一足、防火桶のわきに落ちているのが見えたが、雪駄は見当たらなかった。

だいたいが、江戸っ子たちは雪駄一つにしても、鼻緒を替えたり、破れたところは革を張り替えたり、簡単に捨てたりはしない。

教えられた家の前に来ると、初老の男が玄関口に置いた盆栽の手入れをしているところだった。

「五左衛門さんかい？」

と、文治が声をかけた。

「はい」

「ちっと雪駄を盗まれた件で話が訊きたくてな」

遠州屋の隠居は、文治の後ろにいる竜之助を見て、

「わざわざあんなことで同心さまが？」

と、驚いたらしい。

「そのうち怪我人でも出たらまずいしな」

と、竜之助は答えた。

上がるように勧められたが、玄関先に腰を下ろして話を訊いた。お茶を持ってきた女房が、不安そうに台所で耳を傾けているのがわかる。

「酒でも飲んだ帰りだったかい？」

「いいえ、あたしは酒はあまり飲まないものでして」

「けっこう遅くになってたじゃねえか」

「ああ。本石町《ほんこくちょう》のひいきの本屋をのぞき、そば屋で夕飯を過ごし、ぶらぶら歩いてきたら、あの時間になっちまいまして。いえ、女房にも叱られましてね。物騒になってきてるのに、家で夕飯を食べないから、そんな目に遭《あ》うんだって」

「ところで、野郎はちゃんと雪駄を持ち帰ったのかね？」

「ええ。懐に大事そうに入れてましたよ」

どうやら、いちおうは持ち帰っているらしい。

つづいて、大滝がすでに話を訊いているが、ここから近いので薬種問屋〈半七《はんしち》屋《や》〉の若旦那のところに寄ってみた。名は辰之助《たつのすけ》というらしい。

ところが、辰之助は留守で、かわりに出てきたおやじが顔をしかめて言った。

「ああ、この前の件ですね。あの馬鹿、また遊びに出かけちまったみたいで」

「いくつだっけ？」

と、竜之助が訊いた。

「十七です」

遊びたい盛りだろう。竜之助もそのころは、とにかく城の外に出たくて仕方がなかった。

「遊ぶのはやはり吉原《よしわら》かい？」

「吉原に行くほど大人になっていませんよ。あそこでうまく遊べるくらいなら安心です。せいぜい水茶屋《みずぢゃや》でかわいらしい娘っこをからかうくらいでしょう。じつは、あの手の娘のほうが、もっと性質《たち》が悪かったりするんですがね」

「奪われた雪駄はいいものだったのかね」

「そんなことはないです。浅草《あさくさ》のなんとかっていう小間物屋で売ってるものだそうですが、別に材料がいいわけじゃねえ。変な模様がついただけで、ふつうの雪駄の三倍もするんです。でも、もうずいぶん履き古してましたから」

「ところで、辰之助は身体は大きいかい？」

「いいえ。飯の食いが悪くて、背丈はそこそこあるんですが、割り箸をもう一回、縦に割ったような、情けねえ身体をしてますよ」

猪首《いくび》のおやじが情けなさそうに言った。

ここも簡単に切り上げた。

「旦那、いるときにもう一度来ますか？」

「いや、とりあえずはいいだろう」

どうせ、たいしたことは訊けないのはわかっている。声をかけられるや、震えあがり、腰を抜かしてしまったらしい。

「当人は見栄があるから認めねえぜ。だが、そうに決まってる」

と、大滝は言っていた。

つづいて、堀江町《ほりえちょう》の裏店に向かった。

目医者の晴天堂《せいてんどう》というのを訪ねた。

晴天堂は、歳は三十くらいか。家の中をのぞくと、一人住まいのようである。

自分の目が宣伝の道具なのだろう。やたらとくっきりして、黒目がちの澄んだ目をしている。

遠州屋などと同じことを訊いた。

盗られたのは畳表のごくふつうの雪駄だった。体力には自信がないので、抵抗などせずにすぐに渡してしまったという。なるほど、三人とも、ひ弱そうな男や、年寄りばかりである。願をかけるくらいなら、もう少し、骨のあるやつから盗ったほうがよさそうではないか。

「ところで、中之橋を渡る前は、どこに行ってたんだい？」

と、竜之助が訊くと、晴天堂のきれいな目が泳いだ。

「あ、いや、なあにいろいろです。本屋で面白そうな本をあさったり、骨董屋で掘り出し物を勧められたり、寄席《よせ》をちらっとのぞいたり、そばも軽く食いましたよ。なんせ、あたしは趣味が多くて、町に行くといろんなことがしたくってね」

「ふうん。じゃ、まあ、ここらで」

話を切り上げた。

「よう、文治。やっぱり変だぜ」

「何がです？」

「雪駄を盗られる前にどこに行ってたか訊くと、遠州屋も晴天堂もなんか微妙な顔になった。探られたくないって感じだ」

「へえ。おそらく、女を囲っていたり、よからぬところに行ったりしてたんじゃねえですか?」

「そうなのかねえ」

晴天堂は独り身である。女を囲おうが、岡場所にしけこもうが、別に後ろめたいことはないように思える。

どうも、そこが気になって、腕組みしながら歩き出した。

五

ふたたび一石橋のところにもどってきた。

すると、橋の上をかわいらしい小坊主が歩いてきた。本郷《ほんごう》にある小心山大海寺《しょうしんざんたいかいじ》の小坊主の狆海《ちんかい》である。

こちらも腕組みをし、何か考えごとをしている。しかも、竜之助が抱えた謎よりももっと大きく深刻そうである。人生の謎について思いを馳せているのかもしれない。小さいながらも、竜之助の座禅の師匠である。

「よう、狆海さん」

「あっ、福川さま」

「どうしたい、難しい顔をしてるぜ？」

「じつは、心配ごとがありまして」

そう言って、ちょっと苦笑した。

それでぴんと来るものがある。

「ははあ。和尚がまた、誰かを好きになったんだな」

雲海《うんかい》和尚というのはとにかく惚《ほ》れっぽい。次から次に女に惚れ、うまくいけば多情仏心《たじょうぶつしん》というのになるのだろうが、あいにくと次々に振られる。

「たぶん、そうだとは思うんですが」

狆海は自信なさげな顔をした。

「たぶん？」

「それらしい女の人が見当たらないんですよ」

「どういうことだい？」

「和尚さんの周囲に女の人がいないんです。いままでは、わたしがわきで見ていても、あ、この人が好きになった人だなとすぐにわかったんですが、今度はそんな人がいないんです」

「へえ」

それも変な話である。

「じゃあ、惚れたはれたの悩みじゃねえのかな」

「でも、うっとりした目つきなどは、いつもの惚れた目つきといっしょなんですよ」

するど、わきから文治がからかった。

「和尚もあっちの趣味に目覚めたんじゃねえのか。狆海さん、ときどき和尚からじいっと見つめられたりしたことはないかい？」

「やめてくださいよ。怖くて眠れなくなります」

と、狆海は怯《おび》えた顔をした。

「あっはっは。大丈夫だよ、狆海さん。和尚はそっちはねえと思うぜ」

「親分、からかわないでください。だから、わたしはいろいろ考えて思ったんです。もしかしたら、和尚さんは幽霊にでも恋をしたんじゃないかと。ほら、よく、唐《から》の話などにあるでしょう。幽霊に惚れたり、惚れられたりする話」

と、狆海はこまっしゃくれた顔で言った。

六

翌々日の夜――。

竜之助が次の非番の日はどこに行こうかと、家でうまいものの番付を眺めていると、

「旦那……」

と、文治がやって来た。

「おう、どうしたい？」

「じつはさっき、うちの寿司屋の客が、一石橋に弁慶が出て、雪駄を集めてるって話をしてましてね」

「弁慶がね……」

「その話、いつ聞いたかというと、今日だそうです。なんでも神田《かんだ》から日本橋の周辺じゃ、そば屋、髪結い床《かみゆいどこ》、湯屋、飲み屋など、その話で持ちきりだそうです」

そこらで話題になれば、噂はたちまち江戸中を駆け巡る。

「しかも、雪駄を集める理由まで明らかになってます。そいつは願をかけたんだ

そうです」

「願ねえ」

「雪駄を千足集めたら、おっ母の足萎《な》えが治ると、神のお告げがあったんだそうで。それで、一生懸命やっているんだと。だから、親孝行ならしょうがねえ、あっしも行き合わせたら、雪駄なんざ喜んで進呈すると、その客はぬかしてました」

「なるほどなあ」

と、竜之助は言ったが、納得したわけではない。ただ、一昨日から竜之助と文治はあのあたりを嗅《か》ぎ回っている。すると急にもっともらしい噂が出回りはじめた。

誰かが慌てて動き出したのではないか……。

次の日、奉行所に行くと、すでに雲行きが変わっている。

「福川。雪駄泥棒の話は見えてきたぜ」

と、矢崎が言った。

「願をかけたって話ですか？」

「ああ、しかも、昨晩のうちに四人ほどが雪駄を奪われた。だいぶ遅くなってからだがな」

「下手人は？」

「同じ若い男だ。背格好といい、かぶった手ぬぐいの柄といい、たぶん間違いない」

「一石橋ですか？」

「いや、橋は違う。霊岸島《れいがんじま》の湊橋《みなとばし》と豊海橋《とよみばし》だ」

「そっちに来ましたか」

今度は襲われたやつも番屋に届けて来たという。

「あの時刻だ。みな、吉原からのもどりでな」

「どこに行ってたか、答えたのですか？」

「ああ。別に悪びれてなぞいなかったらしいぜ。盗られたほうも暢気なもので、あんなこぎたない雪駄、親孝行の役に立つなら、いくらでも持ってってくれといった調子らしい」

「そうですか」

「変な事件だが、親孝行だと巷《ちまた》の連中は喜んでいる。わざわざ水を差すことはねえ。やっぱり福川、うっちゃっとくことにしようぜ」

と、大滝が言った。なにせ仏の大滝を自称するだけあって、この手の話には弱い。

だが、竜之助はしっくりこない。首をかしげていると、

「そうだ。おいらのほうも福川に手伝ってもらいてえことがある。もっとくだらねえ噂みてえな話をばらまいているヤツがいてな。そいつをしょっぴくことにした」

と、矢崎が言った。

「でも、やっぱり何かあると思うのですが」

「いや、ねえよ」

「あと三日ください。そしたらなんでもお手伝いしますから」

手を合わせ、なんとか三日だけの猶予をもらった。

七

「ううむ。三日だけですか」

文治に説明すると、顔をしかめた。

「なあに、何とかなるさ」

竜之助はそう思うようにしている。そう思えば、自然に解決へつながる道をたどったりする。最初から諦めていたら、すぐに袋小路に入り込む。

「旦那、噂の火元をたどりますか？」

「ううむ、それはどうだろうな」

噂の火元をたどるのはそう難しくない。誰から聞いたかを訊ねていくうち、そう大変な人数に当たらなくても、火元にたどりつく。奉行所でも過去に何度も実績をあげていて、それは皆、知っていることである。

ただし、これは自然に発生した噂の場合である。何人かが組んで、火元をたどれないように注意深くやられたら難しい。たぶん、そういう配慮もしているはずで、三日しか時間がないなかで火元に行き着くのは無理だろう。

「偽装をはじめやがったんだ」

「やっぱりそうですかね」

「しかも、今度は一石橋も中之橋もやってねえ」

「ということは……」

「ああ。やはり前の橋が重要な鍵になるのさ」

竜之助は自信たっぷりに言った。

八

夕刻から、文治といっしょに一石橋と中之橋のあいだを歩きまわることにした。

途中、瓦版が出ていたので買ってみると、お佐紀《さき》のところで出したものだった。大きな見出しが躍っている。お佐紀がつけたにちがいない。

「江戸の弁慶。親孝行に雪駄琢磨」

などとダジャレまで使って煽《あお》っている。おとなしい、すっきりした顔立ちをしているのに、やることはいつも大胆なのだ。

夕靄《ゆうもや》が這い出てきた一石橋の上で、

「よう、文治。ヤツは、なんで橋の上で襲うんだろう？」

と、竜之助は言った。

「そりゃあ弁慶の真似なんでしょ」

「最初からそうだったのかね」

「と、おっしゃいますと？」

「あとから弁慶みたいだとか、願でもかけてんじゃねえかという話が出たけど、最初はそんなつもりもなかったんじゃねえかな」

大滝や矢崎も、弁慶にはまるで思い至っていなかった。

室町《むろまち》の大通りはもちろん、駿河町《するがちょう》、本両替町《ほんりょうがえちょう》なども大きな店が立ち並ぶ。その看板を眺めて、

「話を聞けたあの連中は三人とも、ここらのあまり人には言いたくない場所にしけこんでいたんだ。そこに何かあるはずなんだがな」

と、竜之助は言った。

商売の裏のことはともかく、このあたりにいかにも怪しげな店はない。

だが、品川町や北鞘町《きたさやちょう》の奥に入ると、相当に怪しげな飲み屋はところどころにある。こういうところの客というのは考えられる。

ましてやちょっと変わった趣味だったりすると――いくら独り身の晴天堂でもそこに行ったとは言いにくいのではないか。

「あ」

文治が何か思い出したらしい。

「どうした？」

「そういえば、このあたりにひどいところがありました」

「ほう」

「飲み屋です。看板も掲げてねえんですが、店の客はみな、〈お化け屋〉と呼んでます」

「幽霊でも出るのかい？」

「いいえ。酌をする女が四、五人ほどいるんですが、この女たちのご面相はひどいものなんです」

「それをお化けだなんてひでえじゃねえか」

と、竜之助はむっとして言った。

「そうじゃねえんで。逆に、それが売り物なんでさあ。だから、女たちも、化粧をしてわざとひどくしているんです」

「そんなところがあるのか？」

竜之助も驚いた。きれいな女のそばで飲みたいのが男心だろうが、わざとひどいご面相にした女と飲みたいという気持ちは理解できない。江戸の夜はつくづく奥が深い。

「そのひどさに耐えるのがいいんだそうで」

「ふうん」

「クサヤの干物を口に入れる気持ちとちょっと似てて……」

「クサヤねえ」

話には聞くが、口にしたことはない。

文治がその店の前まで来て、

「旦那、ここです」

と、指を差した。ふつうの民家ふうの建物で、たしかに看板もない。だが、玄関先に二つ新しく盛り塩がしてあり、なかではなんらかの営業がおこなわれていることがわかる。

「その窓のところに赤い紐が垂れてるでしょ。これを引くんですよ」

文治はヘビの舌にも似た紐を引いた。

ずっと奥のほうで鈴が鳴った。

すると、奥のほうからみしりみしりと巨大な何かが近づいてくる気配がある。小さな手燭《てしょく》を持っていて、明かりにぼんやり浮かぶのは女の影のようだが、なにか違うような……。竜之助は思わず刀に手をかけたくなった。

「旦那、どうします？」

文治は心配そうに訊いた。

「もちろん、入るさ」

と、竜之助は決然と言った。

「いや。やっぱりここは、福川の旦那には刺激が強すぎるかもしれませんぜ」

「大丈夫だよ」

とは言ったが、正直、すこし腰が引けている。

「怪しいところがあったら知らせますから。なんせ、ここの光景を見ると、この先、まともな結婚などはできなくなるかもしれませんぜ」

「そこまで言うなら、ここはまかせるか」

結局、文治だけが入った。

四半刻（三十分）ほどして、文治が口を手ぬぐいで押さえながら出てきた。

「大丈夫か。顔色が真っ青だぜ」

「いや、やっぱり旦那は入らなくてよかったです。三日くらいは飯が喉を通らないかもしれません」

「そんなに……」

それほどまでなら見てみたい気持ちも湧いてくる。

「なんと言えばいいんですかね。あれは恐ろしく悪い酒を、ちっと腐りかけた冷奴をつまみに飲みすぎてしまったときに見る悪夢です。何人かの女たちに挟まれるのですが、喜びは湧きません。肥溜《こいだ》めに落ちた記憶も温泉に浸かったときのように思えるくらいです。まず、凄《すさ》まじい吐き気に耐え、つぎにやってくる悪寒に耐えつづけるうち……」

「快楽が訪れるのかい？」

「いえ、めまいがしてきます」

「めまいかあ」

吐き気よりも身体には悪そうである。

「こんなところで遊ぶ旗本もいるんですね」

「旗本もいたかい？」

「客はみな、いい身分ですよ。ふつうの遊びじゃ物足りなくなっちまった連中ですから」

「そういうものか」

「旗本たちなんざ、もう、こうなると、頼れるのは金だけだなどと吹聴してましたぜ。上のほうなんてまるで当てにならねえ。とにかく貯めることだと。おまけに、女や客のあっしにまで、なにかいい儲け話はねえもんかと訊く始末です」

ひどいものである。

ただ、ここに入ったからといって、雪駄となんの関わりがあるのか？

「入るとき、履物はどうすんだい？」

「奥のほうも土間ですからね。履物なんざそのままで樽に座ります」

「じゃあ、ここと雪駄は結びつかねえだろ」

「ええ。遠州屋と目医者の人相を伝えてみましたが、どっちも覚えはないそうです。若旦那のほうは、水茶屋がいいって言ってるくらいなら、まず来ないでしょう」

ここの疑いは晴れたことにして、また歩き出した。

「あれ、文治。こんなところに寄席があるぜ」

と、竜之助が指差した。本革屋町《ほんかわやちょう》のずっと裏手である。〈来福亭《らいふくてい》〉と書かれた小さな提灯が下がっているだけである。寄席とわかったのは、提灯の下あたりに、独特の字で書かれた三人の噺家《はなしか》の名前が貼り紙になって並んでいたからだった。

「ほんとですね」

入り口も通りに面しておらず、茶室の路地のような細道を入ると、突き当たりに下足番がいる玄関がある。

「旦那、入ってみましょうよ」

「ああ、そうだな」

こっちは腰が引けることもない。

玄関で履物を脱ぐ。

もちろん同心は雪駄履きである。裏についた金具をわざと音を立てて履くのが、同心流のお洒落にさえなっている。

文治は走ったりしやすいように草履を履いていた。

竜之助と文治が玄関に立つと、下足番の爺さんや、周囲にいた客が凍りついたような顔になった。

客席に入ってみると、みな、いっせいにこっちを見た。眉をひそめる者。互いに耳打ちする者。ひどくよそよそしい感じである。

奉行所の同心は、町人たちと良好な関係を保つよう、つねづね努力している。内心はともかく、こんなふうに露骨に厄介《やっかい》者扱いされるのもめずらしい。

高座には、秋風亭忘朝という噺家がいた。おなじみの落語をやっている。饅《まん》頭《じゅう》が怖いというおなじみの話で、じっさい、誰も笑わない。

なんだか居たたまれない感じがしてきた。

「歓迎されてねえよな、おいらたち」

と、文治に耳打ちした。

「まったくで」

竜之助と文治は、早々に逃げ出すことにした。

九

翌朝——。

奉行所の門のところで待っていた文治に、

「今日はずいぶん駆けずり回ってもらわなくちゃならねえ」

と、竜之助は言った。

「やっぱりあの寄席は怪しいと？」

「ああ。あそこで雪駄を脱ぐってのが気になるし」

「あの下足番ですね」

「あいつは怪しいぜ。あの下足番の身元などを洗ってもらいてえが、調べていることを知られたくねえな」

「そいつは難しいですね。なんせ時間がないですから」

「そうなんだ。ただ、うまくつながるかどうかわからねえが、あの爺さん、たぶんバクチには目がねえほうだぜ」

「そうなんで?」

「下足札を出すとき、ぞろ目だの、二五の半とか言ってたぜ」

「なるほど」

文治はしばらく頭の中を探るような顔をしていたが、

「賽《さい》の目《め》三吉《さんきち》と呼ばれる、江戸中の賭場に顔を出してた馬鹿がいます」

「よし。そいつをつれてきて、あの下足番の顔を見てもらってくれ」

「あいにくですが、その馬鹿はいま、小伝馬町《こでんまちょう》に」

賭場で起きた殺傷沙汰に巻き込まれ、そのまま引っ張られたらしい。当人は何の関係もないが、いったん捕まると、すぐには出してもらえない。

「そうか」

それは、出してこなければならない。

お奉行に直接、頼む手もあるが、なにか徳川の名を利用するみたいで気が進まない。

——あ、そうだ……。

頼みやすい人を思い出した。与力である。内部での評価はともかく、外に向かえば堂々たる地位である。

高田九右衛門《たかだきゅうえもん》。高田の閻魔帳《えんまちょう》と呼ばれる手帖をつねにたずさえ、同心たちの働きぶりを観察しつづける男である。

その名を出すと、

「え、高田さまに頼むんですか？」

と、文治まで気が進まないような顔をした。

「大丈夫だって。ああ見えて、けっこうかわいそうな人でもあるんだから」

竜之助はそう言って、奉行所の中に高田を探しに行った。

「あ、高田さま」

高田は同心部屋の前の廊下にいた。ここでそっと、同心たちの働きぶりをうかがっていたのだろう。

竜之助が大声で呼ぶと、あわてて例の手帖を隠した。

「な、なんだ、福川」

「じつは……」

と、手短に事情を説明した。

「わかった。それくらいは尽力してやろう」

「ありがとうございます」

「なあに、他ならぬ福川のためだ」

高田が「他ならぬ」というところをとくに強調してそう言うと、同心部屋の連中は床の間に現われたゴキブリでも見るような目で、竜之助をじろりと見た。

十

賽の目三吉のことは文治にまかせ、竜之助は〈来福亭〉のことで瓦版屋のお佐紀に相談した。巷のこまかい動向については、定町廻りの同心よりもくわしかったりする。

仕事場を訪ね、〈来福亭〉のことを話すと、

「ああ、いきなり行ったのですか」

お佐紀は呆《あき》れたような顔をした。

「ひどくよそよそしくてな。それどころか、おいらを見たら、凍りつくような顔になった人もいたぜ」

「そうでしょうね」

お佐紀はもう、その理由の見当がついたらしい。

「別に誰かを捕まえようとか、そういう態度はいっさいしてなかったと思うんだがね」

お佐紀はちょっと言いにくそうな顔で、

「福川の旦那は、ほんとに町人のためを思い、一生懸命働いてくれてると思うんです」

「うん。おいらはそれが夢だったしな」

「でも、町人というのはしたたかなところがあって、お上のためと単純には思わなかったりするんです」

「そりゃそうだろう」

「だから、お上の批判を聞いたりすると、胸がすかっとしたりもするんです。あたしたちの瓦版も、お上の失敗めいたことをネタにしたときは、売上げがぐんと伸びるんです」

「そんな気持ちはおいらだってわかるぜ。なるほど、あそこの寄席ではそういう話をやるんだな」

と、竜之助は右のこぶしで左の手のひらを叩いた。

「ここんとこ、急速に人気が出た噺家がいるんです。秋風亭忘朝という」

「あの噺家がかい」

ちょうど高座にいた男である。おとなしい、気弱そうな顔をした噺家だった。

「見かけによらないんです。幕府のお偉方もけちょんけちょんです。では、倒幕派の肩を持つのかというと、そっちもボロクソなんです。薩摩《さつま》や長州《ちようしゆう》のお侍なんか、まるで山奥から出てきた熊や猪みたいに言うんです。もちろん、忘朝師匠が言っていることが町方にでも知られたら、とんでもないことになる。だから、身元がわかる人じゃないと入れてくれません」

「そうか」

それで、雪駄を奪われた連中が、そこに行っていたのを言いたがらなかったのだ。

噺家がしょっぴかれた日には、客も連座する可能性がある。そのときに備えて、名前も告げたくはない。

「聞いてみたいな、秋風亭忘朝の毒説」

「その格好じゃ駄目ですよ。福川さまは同心臭さはまるでないから、町人の扮装をすれば大丈夫だと思いますが」

「お佐紀ちゃんもいっしょに行ってくれるかい？」

「それは、まあ、福川さまがなさることだから」

「うん。噺家や客の迷惑になることにはならねえと思うよ」

「雪駄泥棒と関係があると睨《にら》んだのですか？」

「いや、それはわからねえ。ただ……」

あそこに行っていた者が、あそこにいたと言いにくいことを利用しているのではないか？　あの場所そのものに何かあるのか、あるいはあの下足番の企みか、鍵を握るのはそのどちらかだろう。

「町人ふうになればいいんだな」

いまは見習いで定町廻りについているが、ゆくゆくは隠密同心を拝命しないとも限らない。そうなれば、変装だってしなければならないのだ。

「ええ。まずは髪結い床に」

「文治も入れるかな」

「あ、寿司の親分はどうやっても駄目な気がします。やっぱり町方の匂いがするんです。福川さまって不思議ですよね。それだけ同心姿がさまになっているのに、奉行所の匂いがまったくしないんですよ」

「そうか。おいらはまだ半人前だからな」

「そういうのとは違うと思います」

と、お佐紀はゆっくり首を傾けた。

十一

お佐紀に近所の髪結い床に連れて行かれた。

顔なじみらしい親方に、

「きゅっといなせな感じにしてあげてね」

と、頼んでくれた。

同心の髷《まげ》は先を銀杏《いちょう》の葉のように広げる。小銀杏と呼ばれる髪型である。後ろのたぼのところはややふっくらさせる。

もともと町方の同心の髷は小粋をめざしているので、町人に近い。それをさらに髷を細めにし、先を広げずにきゅっと曲げた。たぼのところはふくらまさないで、すっきりとまとめた。

「いいですよ、福川さま。宮大工の若い棟梁《とうりょう》って感じ」

と、お佐紀は褒《ほ》めてくれる。

「そうかい」

なんだか嬉しくなった。違う自分になる面白さも混じっている。

着物はねずみ色の地に、細い青の縦縞がびっしり入っている。文治が持っているもので、「柄が若すぎて着られない」と言っていた。

これが、竜之助が着ると似合う。

襟を開き、ちょっとだらしない感じにした。

「まあ」

髪結い床を出ると、前を歩いていた娘たちが次々に竜之助を振り向いて行く。それくらい小粋なのだ。

寄席が開く刻限まではまだだいぶある。

誰かに見せたくなった。

――そうだ。

三河町《みかわちょう》の巾着《きんちゃく》長屋のお寅《とら》のところに行くことにした。あそこの子どもたちを驚かせてやりたくなった。

「え、福川さまなの？」

と、新太《しんた》が竜之助を見て啞然《あぜん》となった。

「そうさ」

「いやあ、驚いたね」

「福川さま。まさか、同心をクビになったなんてことに？」

おみつは心配してくれた。

「あっはっは、これも仕事なんだよ」

そう言うと、安心したようである。

もっとも竜之助のほうにも驚いたことがある。お寅のところに、五歳くらいの子どもがもう一人いたのだ。腕白そうな男の子である。

「お寅さん、あの子は？」

と、竜之助は訊いた。

「いえね。ここの長屋にいた子どもなんですが、母親に逃げられちまいましてね」

「逃げた？」

「かわいいんだけど、憎らしいんだって。頬ずりしてみたり、叩いたり。自分でもわからなくなるんだって。このままだと怖いんだって。そんなこと言ってるうちに帰ってこなくなっちまったんですよ」

「そりゃあかわいそうだ」

「仕方がないんで、預かることにしました」

「三人は大変だ」

「なあに、きっと罰が当たったんですよ」

と、お寅は意外にすっきりした顔で言った。

十二

「なんだ、福川か」

せっかく驚かせようと思って来たのに、小心山大海寺の雲海和尚はつまらなさそうな顔で竜之助を見ただけだった。小坊主の狆海は、使いで小日向《こひなた》のほうに出かけているという。

「もうすこし驚いてくださいよ、見事な変装だとか言って」

「馬鹿者、わしはそれどころではないのだ」

と、深いため息をついた。

たしかに悩んでいるらしい。一瞬、借金かとも思ったが、この和尚は金銭には
それほどだらしなくない。やはり、あっちの悩みだろう。

「どうしたのですか？」

「どーんと来たのだ」

「またですか」

「またとはなんだ？」

「誰かに惚れたのでしょうよ」

「ふん」

と、そっぽを向いた。

「あれ？」

「そなたは悩みというと、女のことしか考えられぬのか」

馬鹿にしたように言われた。自分のことでなく雲海のことだから、そう思って
しまうのである。

「帰れ」

「帰りますよ」

だが、別れぎわに和尚はよくわからないことをつぶやいた。

「福川竜之助よ。一粒の麦がな、もしも地上に落ちて死ななければ、それは一つのままなのだ。だが、地に落ちて死ねば、豊かな実を結ぶことができる」

「は？　麦？　実？」

なにを言ったのか、さっぱりわからない。

「いや、いい」

「また座禅に来ますので」

「うむ。そうだな」

なんとなく上の空である。やはり狆海が心配するのは無理もない。

──大丈夫か？

と、首をかしげた。

十三

文治が小伝馬町からつれて来た賽の目三吉は、真面目そうな、しかも気のよさそうな四十がらみの男だった。こんな男がバクチに狂うようには見えないが、当人が言うにはとにかくバクチが好きで、つねに賭けつづけていないといられないのだそうだ。
その三吉に、開ける準備をしている〈来福亭〉の前を横切ってもらった。
竜之助と文治は離れたところで三吉のもどりを待った。
なかなかもどって来ないので、
「野郎、逃げたりは？」
と、文治が心配したほどだった。だが、まもなく釈放されるのがわかってい
て、そんなことをするはずがない。やはり、遅くはなったが、ちゃんともどって
来た。
「どうだった？」
と、竜之助が訊いた。
「ええ、知ってます。あいつは茂八《しげはち》って言いましてね。旗本の中間《ちゆうげん》ですよ。お
屋敷の隅で賭場を開いちゃ、素人をずいぶんカモにしてました。まだ、中間はや
めちゃいなかったはずですがね」
「どこのお屋敷でえ？」
「本所にある馬場仁五郎《ばばじんごろう》って三百石ほどのお旗本です。そのお方は中間といっし
ょになって賭場を開くのに夢中っていう呆れたお侍ですよ」

「ふうむ」

そんな旗本もいまや珍しくはないのだ。

「しかも、最近は勘定方から金座改めの手伝いに出てるそうで」

「金座改め？」

金座はあの裏手である。

「茂八は、あっしの顔を見たら、向こうから話しかけてきやがってね」

「おめえ、余計なことは言ってねえだろうな」

と、文治が不安げに言った。

「大丈夫です。茂八のこぼすこと、こぼすこと。あるじに給金なんざ雀の涙でいって言ったら、ほんとに雀の涙しかくれねえって。しかも、本所から通うって言ったら、遅れたりされると困るので住み込みでなきゃ駄目だって。いざ、入ったら、こきつかわれて外に遊びに行く暇もねえんだって」

「ああいう金持ちってのは、人使いは荒いものなのさ」

と、文治は笑った。

十四

すっかり日も落ちて――。

竜之助は、心配げなお佐紀に手を引かれるようにして、寄席の〈来福亭〉にやって来た。

手と足を骨折したことにしている。

添え木をして手を縛った。さらに右足首にも包帯をぐるぐる巻きにした。

やっとここまで歩いて来たといったふうである。

「そこまでするんですか？」

と、お佐紀は呆れたようだった。だが、襲われたのはみな、年寄りやひ弱そうな人たちだった。町人を狙っているだけでなく、抵抗できないような者から雪駄を奪っている。そして、竜之助もその一人になりたい。

もう一度、〈来福亭〉の建物を見た。

――ん？

裏手どころか、金座とぴったり背中合わせになっていたのだ。

「竜さん……」

と、お佐紀は打ち合わせどおりに呼んだ。「どうしたの、塀なんかじっと見つめちゃって？」

「うん。そうか、なるほど」

これはちょっと気づかないだろう。二軒先まで行くと金座の高い塀が道に面しているが、そこで曲がっている。敷地はそこで終わりではなく、へこんだようになっていて、そこに店が並んでいるのだ。店は、どれも髪結い床や八百屋など近所の人が用を足すくらいの小さな店ばかりである。

そのあいだに寄席がある。寄席の入り口は石が敷かれた、ちょっと気取った路地を入ったところにある。

この寄席は、お佐紀によると以前は懐石料理を出す日本橋の若旦那たちに人気の料亭だったという。ところが、若い女房が子どもを身ごもったら、豆腐の匂いが急に駄目になった。吐いてばかりいて、流産してしまいそうだった。

豆腐の出せない懐石料理などあるわけがなく、いっそ商売替えをしようとなった。そのとき、あるじの昔からの友だちに秋風亭忘朝という噺家がいて、だったら何も出さなくていい寄席でもやればとなった。

もともとここらにいくつも長屋を持っている分限者《ぶげんしゃ》ゆえの気楽さである。「じゃあ、やろうか」と、簡単に決めた。

竜之助はお佐紀と並んで右手のいちばん後ろに座った。

五十人ほど入る客席は、ほぼ満員になっている。

今日は中に入っても、誰もよそよそしくしたり、白い目で見たりはしない。竜之助とお佐紀が入ると、ちょうど目当ての秋風亭忘朝が出てきたところだった。

ざっと客席を見回し、話がはじまった。

「なんだい、驚いたもんだね。ここらじゃ最近、雪駄泥棒が出るっていうじゃねえか。弁慶を気取ってんだと。でも、雪駄なんか盗られるくらいまだましだよ。かっぱらいだの辻斬りだのが多くて、危なくてたまらねえ。誰のせいだろうね。みんな、あのせいだと思ってんじゃないの？　違うよ。いまの世の中の乱れは、狼のせいだよ。おおかみだよ。お上？　そんなこと、言ってねえって。ぐふっ」

秋風亭忘朝は、自分で言って自分でぐふっと笑う。下手な人がやると、自分で言って自分で笑うなと思ってしまうが、この噺家の場合はそこにも諧謔《かいぎゃく》の気配があって、つい笑ってしまう。

「もしも、短刀つきつけられたりしたら、つっぱっちゃ駄目だぜ。さからうと怪我するだけ。耶蘇《やそ》なんざ、右の頰を打たれたら、左の頰も出せって教えてるらしいぜ。あっしなんざ噺家になる前は小商人《こあきんど》だったからさ、悪党相手にもすぐ媚《こ》びちゃう。雪駄出せとか言われたら、ふんどしもありますよって……」

客がどっと笑った。竜之助も笑ってしまう。

「命取られそうになったら、家には女房もいますよって。よかったらそっちもって……」

これには大爆笑である。

「いいんだよ、それで。悪いのは狼なんだから」

と、秋風亭忘朝が言ったときである。

「その話、どういう意味だ？」

と、客席から声がかかった。忘朝は絶句し、客席は静まり返った。

酔っ払いだろうと、声のしたほうを見る。

なんと、声をかけたのは、やはり変装した矢崎三五郎ではないか。

あれだけ同心の匂いがぷんぷんする人がよくもばれなかったと思ったら、矢崎は飛脚に変装していた。尻っぱしょりして、鉢巻をし、飛脚が持つ、鈴のついた棒を持っていた。なるほど、あんなに足の筋肉が発達した同心というのもいないだろう。まさに、これしかないという者に化けたのである。

——まずいよ。

竜之助は慌てて、お佐紀を止めに行かせた。

「もっと大事な件がからんでいるので騒ぎにしないでくれって」

お佐紀はその言葉を伝えている。

矢崎はこっちを見た。竜之助が手を合わせ、ぺこぺこ頭を下げると、むっとしつつも、ここは引っ込むことにしてくれたらしい。

すると、客席から文句が出た。

「なんだよ、くだらねえこと言うなよ」

「奉行所の回し者でもあるめえし」

などと非難された。

「その回し者なんじゃねえか」

誰かがそう言うと、急に客席がざわつき出した。得体の知れない不安が駆けめぐっているという気配である。

席を立つ者が増える。どんどんいなくなる。竜之助も退散することにした。

下足番の茂八が不安げに客を見送っている。

竜之助が預かった札を渡した。

「へい。十一番だね」

と、雪駄を下に置いた。つっかけると、すこし重くなっている。

竜之助は雪駄をちょっと持ち上げるようにして、

「あれ？　なんだか足が重くなった気がするな。へっへっへ」

と、わざと誘うように言った。

茂八の顔がさっと青くなった。

十五

外はすっかり宵闇に包まれていた。

ただ、霧はなく、かなり見通しは利いている。

一石橋のほうに向かう竜之助を、後ろから一人、つけて来ているのがわかった。わざとゆっくり歩く。〈来福亭〉から出てきた客が、何人か竜之助を追い越して行った。

一度、振り向いて確かめると、手ぬぐいで頬かむりをしていた。

一石橋の上に来て、竜之助はやっと、なぜ橋の上で襲うのか、その理由がわかった。

——音だ。

つけて来た男は、木戸のところから見張っていたわけではない。茂八の合図を遠くから見るのだろう。何人かいっしょに出てくるときもある。もしかしたらつけているのは違う人かもしれないのだ。

だが、木造の橋の上を歩けば、ふつうの雪駄ではしない音がする。いくら底のあいだにはさんでも、かすかな金属音がする。

「待ちな」

と、声がかかった。音を確かめたらしい。

「なんですか」

竜之助はゆっくり振り向いた。

大柄な男だった。

「雪駄をもらいてえ」

「嫌ですよ」

「え？」

頬かむりした男にとっては意外な返事だったらしい。ちょっと臆した気配もある。意外に荒事には慣れていないのではないか。だから、茂八も弱そうな男を選んでやっていたのだ。

「だから、嫌ですよ」

「こっちは親孝行でやってるんだ。早く出しな」

「おいらも、雪駄は人に盗られちゃいけねえってのが親の遺言でしてね」

「ふざけんなよ」

頬を張ってきた。のけぞってこれをかわした。男は、ん？　という顔をし、次に恐怖が顔に貼り付いた。

「てめえ」

と、男は懐に手を入れた。臆した者ほど刃物に頼る。竜之助は、吊っていないほうの左手を伸ばしてその手をつかみ、上にひねり上げた。

「痛《い》ててて」

関節が外れる手前で放してやる。男は痛みのあまり、地べたにうずくまった。

やはり喧嘩はそれほど得意ではないらしい。

雪駄を見た。客席にいるあいだに茂八が細工したのだろう。革の雪駄の底が切られ、中に小判が一枚ずつ埋め込まれてあった。

もちろん本物である。そこの金座でできた、できてほやほやの小判である。

「やっぱりそうだったかい」

と、竜之助はうなずいた。

そこへ――。

「どうも怪しい野郎だと思ったぜ」

と、茂八がやって来た。

その後ろに二人の男がいる。侍である。一人は四十くらいか、肌の色が夜目にもわかるくらい黒いので、歳《とし》の見当がつけにくい。もう一人は明らかに若く、竜之助よりは三つ四つは下だろう。

「あれ、下足番をうっちゃって来ていいのかい？」

「けっ、あんなとこ、やめてやるのさ」

と、茂八は吐き出すように言った。もはや下足番などしている場合じゃないということだろう。

うずくまっていた男が、ようやく手が動くようになったらしく、のろのろと立ち上がり、

「おじき。こいつ、知ってるぜ。雪駄から小判を取りやがった」

「なんだと」

茂八は不安げに後ろを見た。

「そなた、どこまで知っているのだ？」

年上のほうが近づいてきた。すでに刀に手をかけている。

竜之助は足の包帯を引っ張った。巻いてあるように見せかけたが、数箇所を糸でとめてあるだけで、ぱかりと外れた。

次に右腕も同様にした。ただ、こっちには十手が隠してある。

「やはり、町方の岡っ引きか」

「似たような者で」

「ということは火盗改めの岡っ引きか？」

どうでもいいことにこだわる性格らしい。

「どこまで知ってると言われてもねえ。おいらは金座の中がどうなっているか、わからねえもの。ただ、ついこのあいだ、不正をおこなっていた役人が処罰された。そのとき消えた五百両はまだ出てきてないらしいね。あんたはその摘発のために送り込まれたはずだったよねえ」

と、竜之助はからかうような調子で言った。

「ううう、きさま」

「たぶん、最初に処罰された役人がねこばばした小判を、さらにあんたがねこばばした。それを〈来福亭〉の玄関の裏あたりに隠したんじゃねえかな。だから、塀の下でも掘って、小判はこっちに滑りこませる。それを受け取るために、自分のところの中間を下足番に送り込んだ。そのまま、あの茂八に持ち帰らせればいいって魂胆だった」

「……………」

「ところが、あそこのあるじはケチだから、茂八を住み込みにさせ、ろくろく外にも出させない。そこであんたたちは考えた。客の雪駄にはさみこむようにして小判を二枚ずつ持ち出させ、途中でそれを奪えばいいと。雪駄ごときでいちいち届けたりはしないだろう。万が一、調べられても、あの寄席に来ていたとはたぶん誰も言わない。あそこが目をつけられ、あの寄席でお上の批判をげらげら笑っていたなんて知られたら、自分も牢屋に入れられると思ってしまうからな」

「そなた、よくもそこまで見抜いたな」

「当たってましたかい、馬場仁五郎さま」

「ほう。名前までつかんだか。だが、わしは旗本だぞ。町方ごときに捕縛はできまい」

と、馬場仁五郎はうそぶいた。

「小判泥棒としてはね。でも、江戸の夜をおびやかすろくでもないヤツらなら、旗本だろうが大名だろうが、ふん縛ることはできるんでさあ。それが町方の役目ですから」

竜之助はそう言って、十手を軽く振った。

「面白い。ふん縛ってもらおうか」

二人の武士が刀を抜き、茂八が心張棒らしきものを、さっき腕をひねり上げた若者も短刀を持ち、じわじわと竜之助を取り囲んでいった。


「福川！」

と、矢崎がこっちに走ってきた。その後ろからはお佐紀も走ってくる。こっちの状況を確かめ、矢崎を呼びに走ってくれたのだろう。

「助けに来たぜ」

そう言ったあと、刀を構えている馬場たちを見て、ちょっとたじろいだようである。矢崎もまた刀はなく、十手を一本、隠し持っていただけだった。

「小次郎《こじろう》、斬り捨てるぞ」

「はい。父上」

親子だったらしい。

馬場小次郎が竜之助に向かってきた。

「やっ」

ためらいもなく斬りかかってくる。鋭い太刀筋である。

十手で払うと、闇夜に赤い火花が走った。

さらに攻撃の手をゆるめない。上段から下段、小手から胴へと無駄のない動きで襲いかかってくる。

向こうでは、馬場仁五郎に斬りかかられている矢崎の姿が見えた。完全に押されている。足は速いが、武術のほうはあまり得意ではないらしい。

がつん。

と、音がして、矢崎の十手が飛ばされた。

「死ねや」

矢崎が真っ二つになる寸前、竜之助の十手が宙を走った。

「うわっ」

十手は馬場仁五郎の腕に激突した。痛みのあまり、馬場は刀を取り落とし、矢崎がすばやくこれを拾った。いっきに形勢は逆転している。

一方、十手を投げた竜之助は同時に身を低くして、馬場小次郎の懐に飛び込み、腕をひねり上げた。

刀は天に突き刺さるように、馬場小次郎の手を離れていった。葵新陰流の秘伝の一つ、無刀取りである。

「てやっ。神妙にしろ」

声のしたほうを見ると、刀を持った矢崎が、茂八とその甥っ子らしい若者を峰打ちで叩き伏せていた。

「矢崎さん。やりましたね。お手柄ですよ」

竜之助の調子のいい声に、

「ん、あ、そうだな」

矢崎は思わず胸を張った。

十六

結局、秋風亭忘朝は矢崎によって奉行所に連れて来られた。これは困る。お佐紀に対しても立場がない。竜之助は、噺家や客に迷惑をかけないと約束したのである。いくら矢崎が勝手に動いたこととはいえ、これをうっちゃっておくわけにはいかない。

竜之助は直談判《じかだんぱん》に及んだ。

「釈放しろだと」

竜之助の頼みに矢崎は呆れた。

「ええ。秋風亭忘朝は矢崎さんが心配するようなことは言ってません。しかも、あの雪駄泥棒の謎を解くのに協力してくれたほどです」

それはだいぶ遠回りの話だが嘘ではない。秋風亭忘朝の毒を盛ったような話が、逆に手がかりにもなってくれたのである。

「それを言われるとつらいが……。だが、狼のせいって言ったが、あれは明らかにお上のことだろうが」

「違いますよ」

「嘘を言うな」

「いや、ほんとです。矢崎さんがあの噺家を聞いたのは一度きりでしょ。おいらは二晩つづけて聞いたんです」

「そうなのか」

「ええ。あれはつづきものでして、前の晩に狼が出て、暴れまわる話があったんです。その狼のせいで世の中がひどくなったんです。それで、翌日はひどい世の中を救う英雄が現われるってところで、矢崎さんが待ったをかけてしまったんじゃないですか」

もちろん嘘である。咄嗟のつくり話である。

「そうなのか」

「民がいまから溜飲《りゅういん》を下げようってところに、あんな水を差しちゃったりしてまずくないですか」

「ううむ」

矢崎は意地の悪いところもあるが、そうひどい人間ではない。

「せっかく金座のほうの悪事をあばいたのですから、こっちは大目に見てあげてもよろしいのでは？」

矢崎は奉行からじきじきにお褒めの言葉をもらったらしい。

「まあ、そういうことならな」

と、矢崎は勝手にしろというように立ち上がった。

「はい。じゃあ、さっそく釈放してやります」

奉行所の前は、ぽかぽかとぬくもっていた。どこかから野良猫が出てきて、松の木の根元でのんびりと昼寝をしていた。本当に春がやって来たらしい。

「いいんですか、こんなことして」

と、秋風亭忘朝が猫のほうを見たまま言った。

「いいんだよ」

「あっしは、旦那たちが聞いていたようにお上を非難したんですぜ」

「民に不平不満があるなら、それに耳を傾けるのが、上に立つ者の使命じゃねえか。不平不満を言うなら罰するてえのは、どんなもんだろうな」

「へえ。でも、あっしは、正義感みたいなものだけであんな話をしてるんじゃねえ。なんでもいいから悪口が言いたいんです。ちっと頭のいかれたお侍がむしゃくしゃすると辻斬りをしたくなるように、人の悪口が言いたい。わからないでしょう、こういう気持ち」

と忘朝が居直ったような面つきで言った。ちょっと自分の気持ちに正直すぎる男らしい。おそらく、ふだんは相当に生きにくい暮らしを送っているだろう。

「わかるよ」

竜之助はうなずいた。自暴自棄になってしまいそうなほど、激しい怒りが体内に渦巻くときだってある。

「同心さまにも、そんな気持ちがわかる人がいるんですか。こいつはおったまげた」

と、忘朝は目を丸くした。

「おいらだって悪口を言いたい気持ちもあるさ。でも、悪口ってのにも才能がいるからね。ただの不平不満じゃ駄目だろ。やっぱりその悪口を聞いて、笑ったり共感したり溜飲を下げたりしなきゃつまらねえ。おいらにはそんな才能はねえもの」

「たしかに旦那にはなさそうですね。きっと育ちがいいんだな」

秋風亭忘朝は笑い、踵《きびす》を返したが、すぐに振り向いて、

「旦那、また来てくださいってのは図々しいかな」

気弱な顔にもどって言った。

「いや、行くよ。また、変装して」

と、竜之助は笑顔で大きくうなずいたものである。

第二章　能書きそば

一

小心山大海寺は、本郷の高台にある禅宗の寺である。寺の格はさほどでもない。というよりだいぶ低いらしい。富士山でいうと、まだ走って登ることができるあたりか。

徳川、いや福川竜之助は、この寺に月に二、三度の割合で座禅を組みに来ている。寺の格などは気にしない。そもそもが、寺の格って何だ、という気がする。ただし、今日はなかなか座禅に集中できない。やっぱり雲海和尚が変なのである。

本堂の隅でじっと腕組みをし、うつむいたままである。寝ているのではない。

しょっちゅうため息をつく。さらに、ときどきお釈迦さまの顔を見ては、慌てて目を逸《そ》らしたりする。とても尋常な態度には見えない。

またもや惚れた女ができたのだろうとは思うが、うっかり万引きでもしてしまって、罪の意識に怯《おび》えているといったふうにも見える。

いつもより今回は悩みが深い。それは間違いない。

気になって、ついちらちら目を開けてしまうので、座禅どころではない。

だいたいが春という季節は、座禅にふさわしくない。なまぬるく濃密な気配がただよっている。暗くてここから庭のようすはよく見えないが、咲き乱れる花の匂いがする。黒い闇が艶《つや》やかな色を孕《はら》んでいる。だから、風も闇の色もねっとりとしている。そんな中にいると、理由もないのにそわそわしてくる。誰かが呼んでいるような気になってくる。

こんな日は、女の人のそばにはいないほうがいいような気がする。やよいにもお佐紀ちゃんにも会わないようにして、なんとか座禅で心を無にして、無になったまま、やよいが寝たころに家にもどり、無になったまま眠りに突入することにしよう。

そんなことを思っていると――。

ぴしっ。

また叩かれた。

「痛《い》たたた」

叩いたのは狆海である。

平たい警策《けいさく》を使っている。最近、準備した。というより、竜之助が仏具屋で購入し、使ってくれと渡しておいたのだ。

狆海は使ってくれている。だが、雲海は使おうとしない。いや、ほかの人には使うが、竜之助にだけは竹刀のままである。

「使ってもらうために進呈したのですが」と、文句を言ったら、「そなたの身体なんざ、警策で叩いたって、蚊に食われたようなもんだろうが」と、言い返された。

だが、いまやそんな雲海の意地悪も懐かしい。本堂の隅でうつむいている雲海はとてもそれどころではなさそうなのだ。

この座禅の席におかしな老人がいた。飄々《ひょうひょう》として、悩んでいる感じがしない。禅を組むのはたいがい、しこたま悩みを抱えている人である。竜之助だって傍《はた》からは暢気そうに見られるが、悩みはいろいろと抱えている。だが、この老人は禅など組む必要はなさそうである。

初めて見る人である。

歳は七十くらいだろうか。痩せているが、老いた感じはしない。背筋も伸びて、すきっとしている。竹のようなしなやかさも感じる直線になっている。なかなかああした姿勢にはならない。

休憩になったら、老人は隣りにいたさびぬきのお寅と話しはじめた。竜之助は聞くともなく聞いていた。

「なにか、悩みでもおありかな？」

などと訊《き》いた口調は、伝説の高僧のようである。だが、僧侶ではない。髷《まげ》は結っているし、つねに刀を差していることは帯のすり切れかたでもわかる。

「ええ、まあ。当初はちょっと気を落ち着かせようというくらいではじめたのですが、次から次に悩みが出てくるもので」

お寅も機嫌が悪いときは「大きなお世話」くらいは言うのだが、素直に答えた。

「そうしたものさ。いまは何をお悩みじゃ？」

さらりと訊ねる。あまりの口のうまさに、竜之助は一瞬、高い仏具などを売りつける悪徳商人を疑った。

「もっぱら子育てで」

「あ、子どもも難しい年頃になられたか」

「いえ、ほんとの子じゃないんです。事情があって、よその子を預かってましてね。それも同じ年頃の子を四人も」

四人？　竜之助は思わずお寅を見た。三人のはずだが、また増えたのだろうか？

「ほう。血の通わぬ子が四人とな。それは大変じゃな」

「罰が当たったんですよ」

と、苦笑いしながらお寅は言った。最近、よくそれを言う。

「罰はみな、当たってるのさ」

「子どもを一人、生き別れにさせちゃいましてね」

それは初めて聞いた。だとしたら、おみつをおっつけたりしたのはかわいそうだったかもしれない。

「そうか。それで罪滅ぼしもあって血の通わぬ子をな」

「ところが、血が通っても難しいのに、血の通わぬ子はますます難しいものですね」

「難しいさ。人間なんざ、どいつもこいつも難しい。楽な子もいるなんて思うほうが間違いさ。人間は玉子のうちから難しい」

雲海よりもはるかに説得力がある。

すると、お寅が素《す》っ頓狂《とんきょう》な質問をした。

「あら、人間も玉子から始まるんですか？」

この人はよく、本気でしらばくれる。

二

柳生清四郎《せいしろう》とやよいは、砂浜に腰を下ろして海を見ていた。天気はいいが、いつもより波は高かった。嵐の気配もないのに、波の騒ぎかたがいい歳《とし》をした人の悪ふざけのように、嫌な感じがした。

「旅にですか？」

と、やよいは訊いた。

「うむ。近々な」

と、清四郎はうなずいた。

「あちらこちらと回ることになろうな」

「どちらに？」

となれば長い旅になりそうである。

目的はわかっている。だが、やよいはそのことを訊きたくもない。亡くなった少年たちの代わりを探す旅なのだ。清四郎にとってもそれは辛い旅なのだろうが。

三つの位牌はたぶん持って行くだろう。そのために小さなものにしておいたのではないか。あの少年たちもそのほうが幸せな気がする。ときどき三人で旅の空に出る。自分が三人のうちの一人だったとしても、そのほうが嬉しい。

「柳生の里は、全九郎が敗れたことでたいそうな衝撃を受けたそうだ」

「よほど自信があったのですか」

「そのようだな」

清四郎は柳生の里にも知り合いはいる。そこから話が洩《も》れてきているらしい。どこの集団もそうであるように、一枚岩などというものはない。必ずどこかの端が、どこかの割れ目に通じていたりするのだ。

「ところが、またおかしなことがあったらしい」

「なんでしょう？」

と、やよいは眉《まゆ》をひそめた。本当におかしなことが多すぎる。

「柳生の里に、新当流を名乗る者が現われ、葵新陰流のことを訊ねていったらしい」

「まあ」

「果し合いを挑む決意であったそうじゃ」

「新当流が？」

「うむ」

「新陰流の剣士ならわかりますが、なぜ、新当流が？」

「さ、それは……」

清四郎にもわからない。

が、もしかしたらという思いはある。

やはりどこかから竜之助の葵新陰流のことが伝わり、日本中のさまざまな流派の剣士たちにも打倒徳川の機運が湧き起こってきたのではないか。いまの時流に便乗したのだろうが、しかし、剣士もまた孤高ではありえず、所詮《しょせん》は時代の流れに巻き込まれてしまうのだ。

「では、今度は甲源一刀流《こうげんいっとうりゅう》やら鏡新明智流《きょうしんめいちりゅう》やら神道無念流《しんとうむねんりゅう》やらが次々に若さまに襲いかかってくることも？」

「ありうるだろうな」

それは柳生清四郎にも予想だにできなかったことだった。それが時代の流れというものだろう。

「若はだいぶ前から剣など無用の時代が来るとおっしゃっておられた。剣を頼りに生きているわしには信じられない言葉だった。あの方は、いわゆる常識を軽々と超えてしまうところがある。ただ、今度ばかりは予想が外れたのではないか。むしろ、剣がものを言いはじめているではないか」

「それにしても、新当流とは……」

過去の亡霊が立ち上がってきたような気がする。

新当流の始祖は、剣聖と呼ばれた塚原卜伝《つかはらぼくでん》である。

もともと新陰流を開いた上泉伊勢守《かみいずみいせのかみ》は、新当流、陰流、念流を合体させて新陰流をつくりあげた。だから、竜之助の葵新陰流から見れば、先祖に当たる剣である。

新当流と言えば、卜伝の生地《しょうち》をつけて鹿島《かしま》新当流と呼ばれるが、卜伝が全国を行脚《あんぎゃ》したこともあり、各地に教えが伝わっていた。

京都にも伝わり、貧乏貴族のなかにはずいぶんこの剣を学ぶ者がいたという。

「そうした者たちの流れなのであろうな。ただ、新たな刺客となってきそうな者は、歳も若いらしい」

「え、いくつですか？」

「まだ十五だということだった」

「ああ、それは……」

竜之助は絶対に戦わないだろう。

だが、なんと残酷な事態が訪れるのか。傷口に塩をすりこむようなしわざではないか。

「また柳生全九郎のように偏頗《へんぱ》な心を持った少年なのでしょうか？」

と、やよいはうんざりして訊いた。

「いや。そうではないらしい。むしろ、金太郎のように快活で、素直そうな少年だったそうだ」

「だからといって……」

何かが好都合になるわけではない。むしろ、ますます悪い事態のような気がした。

三

朝、竜之助が奉行所に行くと、宿直《とのい》の同心と、定町廻り同心の大滝治三郎と矢崎三五郎とが顔を寄せ合って立ち話をしていた。切羽詰まった気配もあり、熊と狼たちが餌《えさ》の取り分について相談しているようにも見える。「刃物」とか「えぐった」とかいう物騒な言葉も聞こえた。何か起きたらしい。

竜之助の顔を見ると、矢崎が手招きをした。もちろんうまいお菓子があるから食えという顔ではない。

「どうしました?」

「霊岸島の北新堀町《きたしんぼりちょう》にあるそば屋のおやじがてめえの店で刺されてな」

「そば屋のおやじが」

夜鷹そばならともかく、自分の店を持っていれば、あまり事件に巻き込まれるような商売ではない。

「三度も突かれた。ところが、幸運なやつで、ほんとに刺されたのは一カ所だけだった。あとは懐に入れていた本を突いてくれた。それでも血はずいぶん流れ、虫の息だよ」

「そうでしょうね」

「ところが、その虫の息のまま、かすかな声で言った。能書きなんざ言うもんじゃねえな、と……」

「能書き？」

「ああ。そばについて、薀蓄《うんちく》やら信念やらを語るのがやたらと好きな男だったらしいぜ」

「ところが、そのせいで殺された」

と、大滝が腕組みして言った。

「だから、大滝さん、まだ死んじゃいねえんだって」

「下手人は？」

と、竜之助は訊いた。

「もちろん逃げたよ。店じまいする頃でな、客はほかにいなかったし、女房が出かけていて、見つけるのも遅れた。ただ、遠くからあのあたりを走る二人づれを番太郎が見ているんだ」

「逃げるところだった？」

「まあ、夜中に走るやつは、速く駆ける稽古をするやつか、悪事を働いたやつだろうからな」

と、矢崎はにやりと笑った。矢崎が夜中に八丁堀界隈《かいわい》を走っているのを、竜之助は何度か見たことがある。

「もちろん、刺されたそば屋は下手人の顔を見てるだろうが、意識はもどっちゃいねえ。生きるか、死ぬか、微妙ってとこだ。ただ、血はいっぱい出たが、内臓に傷はついていねえそうだ」

助かってくれれば、事件は簡単に解決する。

だが、奉行所としては静かに回復を祈っていればいいということにはならない。

「変な事件だろ。能書きのせいで刺されたなんざ」

と、大滝が言った。

「そう。誰に担当させるかだが」

と、矢崎はじろりと竜之助を見た。

こうなることは、二人の顔を見たときから見当はついていた。

「ところで、その能書きを言ったそば屋ってのは、〈人生庵《じんせいあん》〉でしょう?」

と、竜之助はわりと自信を持って言った。

「知ってたのか？」

「ええ。かなり有名なそば屋ですから」

人生庵なんぞというおおげさな屋号はなかなかつけられない。〈江戸一屋《えどいちや》〉という屋号のうどん屋を見たことがあるが、そっちのほうがまだ含羞《がんしゅう》を感じさせる。人生庵はないだろうと思う。

「おやじの名はたしか……？」

と、竜之助が首をかしげた。

「藤兵衛《とうべえ》だ」

矢崎が答えた。

そうだった。苦虫を嚙みつぶしたような顔。愛想はよくないくせに話好き。四十数年前に信州《しんしゅう》から来たということを言っていた気がする。生真面目で、悪気もないが照れもない。ひねた江戸っ子なら、馬鹿にする者もいるだろう。

ひと月ほど前だったが、竜之助が入ったときも、店主がわきに来て、能書きをたれはじめた。「どうですかい？」と訊かれて、「腰があるね」と褒《ほ》めたら、「腰なんざ利かせるのは、たいした技じゃねえんだ……」から始まって延々と語り出し、ずいぶん閉口したものだった。

ただ、そばの味は、本当に人生を感じさせるほどだった。素朴だが深みがあった。

竜之助は、ざるそばに上からタレをかけて矢崎たちに笑われて以来、けっこうそば屋には足繁く通っている。これまで食ったそばの中でも、一、二を争うくらいだった。

——あのおやじが……。

うるさかったが、それで人に刺されるほど鬱陶《うっとう》しくはなかった。別の客は能書きには興味がなさそうにしていたので、適当にあきらめて店の奥に引っ込んで行った。ある程度、客の反応は見ていたように思う。

そういえば、竜之助は同心の格好のまま入ったので、

「うちは与力の高田九右衛門さまもひいきにしてくれてましてね」

などと言っていた。

「そうなのか？」

高田の名を出されると、わけもなくぎょっとした。

藤兵衛は、

「高田さまは理屈のわかったそばっ食いだね」

とも言った。これには驚いた。高田が理屈がわかるというのはどういう意味なのだろう。人間というのは、人によって見方がちがうものだとつくづく思った。悪人が善人に、恥じ知らずが照れ屋に、ぼんやりしたのが人生の達人になる。

高田の正体はともかく、この事件は竜之助が担当することになった。

四

竜之助は岡っ引きの文治とともに北新堀町の人生庵にやって来た。

この前来たときは夜だったのであまり感じなかったが、酒蔵《さかぐら》らしき蔵二つに挟まれ、窮屈そうな建物である。だから能書きをたれるようになったわけでもないだろうが、もう半間、店が広かったら、あるじもいくらか鷹揚《おうよう》になったかもしれない。

もっとも狭い分、建物に奥行きはあるらしい。

ちょうど医者が出てきたところだった。若いが真面目そうな医者で、十七、八の見習いらしき若者が、ちょっと離れて薬箱を持っている。そば屋の女房も見送りに出てきて、竜之助と文治を見ると、深々と頭を下げた。

「どうです、容態は？」

と、竜之助は医者に訊いた。

「なんとも言いようがないですね。意識がもどって、ちっと重湯でもすすってくれると回復の見込みもつくのですが」

傷はそう深くはない。傷よりも倒れたときに頭を打って、気を失ったのではないかということだった。

ただ、夕べ、女房が親類の用事で出かけていて、もどりが遅くなった。見つけるのが遅れ、ずいぶん血が流れてしまったらしい。

店の土間が黒ずんでいた。そこに血が流れたのだろう。生臭い、錆《さ》びたような匂いも強い。

「じゃあ、夜にまた顔を出すが、容態が変わったらすぐに呼びに来るように」

医者の家は近いらしく、そう言って帰って行った。

藤兵衛の女房は四十くらいで、毎日、そばよりも餅を食っているように色が白く、ぽちゃぽちゃした体形をしていた。

「見舞わせてもらうよ」

「はい。そっちに」

藤兵衛は店の奥の部屋に寝ていた。朝陽が差し込んでいて、清潔で気持ちのよさそうな部屋である。藤兵衛の寝顔も静かなものだった。

「下手人に見当は？」

と、小声で訊いた。

「さあ」

「能書きなんざ言うもんじゃないって言ったんだってな」

「はい。はっきりそう言いました。誰にやられたのって訊いても、何も答えなかったんですが、それだけははっきりと」

「藤兵衛は最近も誰彼構わず能書きをたれていたのかな？」

「そうです。相手が嫌がっているとわかればやめましたが、察しの悪いところもありましたからね。あたしはそんな話は誰も聞きたくないんだから、何も言わないほうがいいって何度も言ったんですが、聞くような人じゃなかったし」

「蘊蓄が好きでよく話をしていた客はいるかい？」

「ああ。向こうの瀬戸物屋の佐吉《さきち》さんが。それと、裏の長屋の平《へい》さん」

後ろで文治が手帖に名前を記した。

「でも、その二人はうちのとも気が合って、乱暴するようなことは……」

女房がしょっぴきでもするのかと誤解したらしく、慌てて弁解した。

「大丈夫だよ。やたらに疑いを向けるわけじゃねえんだから」

そう言って、まずはその二人から話を訊くことにした。

五

「あの人は、そばとはなんぞやから始まるからね」

と、瀬戸物屋の佐吉は皿を指の先で回しながら言った。商売物を割ってしまうのではないかとハラハラするが、もうすっかりコツを飲みこんでいるらしく、大道芸人のように上手に回す。藤兵衛の災難については、すでに番太郎あたりから聞いて、知っていた。

「能書きねえ。話は面白いんだよ。でも、押し付けがましいところはあったね」

しかし、そういうところは一家言《いっかげん》持つ者ならみんなあるのではないか。

「喧嘩もしてたのかね?」

「たまにはあったみたいだ。ここらじゃ、かまぼこ屋と向こうの裏に住む隠居とは喧嘩したって言ってたな」

「たとえば、同じそば屋同士だったりすると、憎み合うところまで口論になったりするかね？」

　と、竜之助は訊いた。

「ああ、そば屋が客でねえ。だが、そば屋だったら、人生庵のそばを食えば、能書きもしょうがねえと思うんじゃないですかね。それくらいうまいんだもの」

「なるほど」

「それだったら旦那、うどん屋のほうが怪しいですよ。なんせ、藤兵衛さんはうどんは敵《かたき》みたいに思ってたし」

「うどん屋か……」

　そういえば、たいがいのそば屋はうどんもいっしょにやっているが、人生庵はそばだけである。ときどき注文する客がいるのだろう。店の入り口に「うちにはうどんはありません」と果たし状みたいな禍々《まがまが》しい字で書いてあった。

　瀬戸物屋は繁盛していて、客は引きも切らない。

　恨みのもとになるような能書きはなかったか、ざっと訊いて、とくに気になる話もなかったので、引き上げることにした。

　瀬戸物屋を出ると、

「うどん屋を一回りしてきましょうか？」

と、文治が訊いた。

近くにあるうどん屋はざっと調べたほうがいいかもしれない。だが、うどん屋がそば屋に能書きをたれられて刺すなんてことがあるだろうか。藤兵衛はうどんにまつわるよほど致命的な蘊蓄でも見つけたのだろうか。

文治にはあとで回ってもらうことにして、次に裏店《うらだな》の平さんのところに行った。

平さんは飾り職人らしく、かんざしなどの細かい部品がいくつも並んでいる。これに、さらに細かな模様を刻んだりするらしい。だが、いまは玄関わきに置いた水甕《みずがめ》の前にかがんで、中をのぞきこんでいるところだった。

雨ざらしだから飲み水ではない。

「金魚かい？」

と、竜之助は訊いた。

「いや、わからねえんで」

「わからねえとはどういうことだい？」

竜之助もいっしょにのぞきこんだ。

「大川《おおかわ》の水を適当にすくって、この甕に入れておくんでさあ。すると、虫やら魚やら藻などが育ちはじめるんだけど、何が育つかはわからねえ。それが楽しみなんです」

と言って、平さんはにっこり笑った。いい笑顔である。

「へえ、面白いねえ」

世間の片隅にいるちょっと変わった人物を、竜之助はいいなあと思う。もしもこういう人たちが誰もいなくなってしまったら、この世はどんなにか殺風景なものになるだろう。

「あれ、同心さま？」

やっと気づいてくれた。

「ああ、そっちの人生庵の藤兵衛が夕べ刺されたのは知ってるかい？」

「えっ」

平さんは知らなかったらしく、見る見る顔が青ざめた。

「死んだので？」

「いや、死んじゃいねえが、まだ意識はもどらねえ。ただ、刺されたあと、能書きをたれたせいで刺されたということを言った。いったい、どんな能書きを言えば刺されるものなのかと思ってな」

「能書きのせいで……? あっしも気をつけなくちゃなあ。あのおやじはいろんなことを言いましたよ。そばについちゃいろいろ勉強もしてますから」

刺されたときに懐に入れていた本も、『蕎麦合戦春宵夜話』というそばの大食いをからかったような戯作《げさく》だった。蘊蓄本だけでなく、そばとあるなら戯作でも発句集でもなんでも目を通したらしい。

「ここんとこは、新しいタネ物をつくるのに凝《こ》ってましたからね。そのタネについての能書きは多かったよ」

「タネ物か」

「ええ。ここんとこ、おかめが流行《はや》ってますでしょ」

「ああ」

いま、いちばん流行っているのは、下谷七軒町《したやしちけんちょう》の〈太田庵《おおたあん》〉がはじめた「おかめ」ではないか。かまぼこや湯葉、マツタケの薄切りなどでおかめの顔をつくる。にぎやかだがさっぱりして、しかも縁起がよさそうというので大流行している。

「じつは、藤兵衛さんは以前、鶴亀というのを考案してね」

「ほう、鶴亀かい」

「やはりかまぼこやしいたけ、白髪《しらが》ネギなどで鶴と亀をそばの上に描くようにするんです。おかめとよく似てるんですが、向こうは大流行。こっちはまるで流行らず、ここんとこは品書きからも外してしまったくらいでさあ」

「ふうん」

タネ物に凝っていたというのは、何となく気になった。

「ほかにはどんな能書きを？」

「よく言ってたのは、まず、そばがきで食ってみてくれです。だが、いちいち食うものまで指図されたくないと、客は嫌な顔をしてました」

たしかに、そばがきで食ったほうが、そばの風味は感じられる。だが、そば切りにして汁にひたしたほうが、ふつうの客はうまいのではないか。竜之助もそのほうがうまいと思う。

「つなぎについても何か言ってたなあ。そうだ、箱根《はこね》には山芋と卵の黄身をつなぎに使うそばがある。だが、それは藤兵衛さんに言わせると味がくどいんだそうで」

「ほう」

箱根出身の客が来て、怒りを買ったことも考えられる。

「太くして食ったほうがうまいそばと、細くしたほうがうまいそばがあるとも」

「そうかもしれねえ」

「稲荷寿司はうどんのほうが合う」

「それも納得だ」

「生《き》そばをなまそばと読んで、藤兵衛さんに馬鹿にされた客もいました」

「なに？」

それは恨みを買ったのではないか。

「幸い、その客は素直で心の広い客で、勉強させてもらったと帰って行きましたよ」

「そりゃあよかった」

藤兵衛にも反省すべきところはありそうである。

「あれさえなきゃ、もっと来るんだがという客は多いよね。そばぐれえゆっくり食わせろという気持ちもわからないでもねえ。だから、あれだけうまいそばなのに、たいして流行ってなかったのは、どう考えてもあの能書きのせいでしょう」

「うん」

竜之助が入ったときも晩飯時だったにもかかわらず、客はほとんどいなかった。

「あ、あと、そばと猪肉は食い合わせが悪いとは最近、言ってたね」

「猪肉？」

江戸っ子は獣の肉は滅多に食べない。

「それも新しいタネ物をつくるためじゃないですかね」

猪がそこらを駆け回るような、ちょっと嫌な感じがした。

六

それから文治と二手に別れ、近辺のうどん屋とそば屋を探って回ったが、とくに怪しい店は見つからなかった。

夕方になり、一度、家にもどって、晩飯を食べてから出直すことにした。

玄関を入ると、しょうゆとダシのいい匂いがする。やよいはうどんをつくって待っていた。これがうまいのである。よく煮込んであって、身体も芯から温まる。そばはこんなふうには煮込めない。そばにはそばの、うどんにはうどんのうまさがある。人生庵の藤兵衛もそば以外のうまさにも心を開くようだったら、刺されたりすることはなかったかもしれない。

腹一杯食べたあと、すこしだけ横になった。

このあいだ、悪徳旗本の馬場仁五郎と戦ったとき、十手を咄嗟《とっさ》に投げたことが気になっている。

あれをうまく使えば、相手に刀を抜かせないまま、無駄な斬り合いをやめさせることができるのではないか。

あのときは投げっぱなしにしたが、十手には紐がついている。ふだんは十手の握りのところに巻きつけてあるそれは、捕縛するときの紐として使ったりもする。

十手を飛ばすと、そのままでは紐が巻かれているのでくるくる回ってしまう。それだと刀の鍔《つば》のところにがっちりと喰らいつくことは難しい。

すばやく紐を伸ばしてから投げなければならない。

──それを瞬時にするにはどうしたらいいか。

十手を振りながらいろいろ考えていると、

「十手のご研究ですか？」

と、やよいが声をかけてきた。

「うん、まあな」

「じつは、清四郎さまが柳生の里を通して摑《つか》んだ話が……」

「ああ」

本当はあまり聞きたくない。

だが、やよいはすでに話しはじめている。

「……ですから少年にお気をつけください」

また、少年か。あの斬り合いのことはもう思い出したくない。深い悲しみがこみあげてくる。

本当にまた少年が挑んできたりしたら、斬られてやりたいと思うかもしれない。

「もう、戦いたくないのは承知しています。でも、身を守ることだけは」

と言って、うつむいてしまう。やよいも察してくれているのだ。

竜之助もなんだかじんとくる。うつむいたやよいがいじらしい。首筋や胸元から匂い立つやさしさがある。やわらかさがある。それがこの女の色っぽさのもとになっているのか。

――危ない。

と、いきなり起き直った。

「どうなさいました？」

やよいが目を丸くした。

「敵はそこらじゅうにいる」

「まあ」

「出かける」

「それならここにいたほうが……」

「だから、出かけるのだ」

春の夜はやはり危ない。早く殺伐としたところに行ったほうがいい。

もう一度、人生庵に向かうため、徳川竜之助は勢いよく立ち上がっていた。

七

「あ、あの人……」

と、人生庵の女房が窓のほうをちらりと見た。

男が窓から中をのぞいていた。

「どうしたい？」

と、竜之助は訊ねた。

「前にうちの人とすごい喧嘩をしたことがあるんです。かまぼこ屋をやってます」

「あいつがかまぼこ屋か」

瀬戸物屋の佐吉も名前をあげていた。

「なんで喧嘩になったんだい？」

「あの人、能書きが大嫌いなんです。能書きなんざたれずに、黙ってうまいそばを出してればいいじゃねえかって」

「ああ」

こっちの意見のほうが、江戸っ子には支持されるだろう。

「でも、毎日、食いに来るんです」

「ほう」

「あの人がつくるかまぼこは、ひそかな評判になってます。また、ほんとにうまいんです。歯ごたえがあって、嚙めば嚙むほど味があって、しかも旬のいいものを使うみたいです。うちの人も、おかめに使うかまぼこは、あそこのものだけなんです」

お互い、腕だけは認め合っているらしい。

竜之助は外に出て訊いた。

「用かな？」

「いや、何で開いてねえのかなと」

「じつは、ここのあるじが何者かに刺されてね」

「……」

何も言わず、じろりと竜之助を見た。だが、ひどく驚いたのはわかる。歳は三十にはなっていないだろう。機敏そうな身体つきのいい男だが、ちょっと眉毛が濃すぎるくらい黒々としている。

「かまぼこをつくってるんだってな」

「まあね」

「屋号は？」

「〈かまぼこ屋〉でさあ」

「それはまた、味もそっけもねえな」

竜之助が思わず笑うと、かまぼこ屋はむっとした顔をした。

「かまぼこを売るからかまぼこ屋で何が悪いんでしょうか？」

「いや、悪くはねえさ。だが、素晴らしくうまいって評判らしいぜ。もうちょっと特徴のある屋号にしたほうが、商売としてもいいんじゃねえのかい？」

「そういう能書きみたいなことはね」

「屋号と能書きは別だろう」

「たかがかまぼこ、ちょちょっとやるだけでさあね」

恐ろしく頑固者らしい。

「夕べもここに来たんだろ？」

「まあね」

「藤兵衛に変わったところは？」

「とくに」

と、そっけない。

「あんたがここにいるとき、他の客は？」

竜之助が訊くたびに、無口に、不機嫌になっていく。

「あのね、同心さま。あっしは、疑われることに対しても、言い訳はしたくねえんで。疑うなら疑えばいいやな。それもおれっちの不徳のいたすところだ」

そう言って、そっぽを向いてしまった。

こういう頑固者というのは、疑われっぱなしで死罪にまでなったりもするのだろうか。

と、そこへ——。
二十四、五くらいのおとなしそうな娘が顔を出した。
「お京《きょう》ちゃん……」

と、女房が娘を見た。

「どうしたんですか？」

異変を感じたらしく、娘の表情は強《こわ》ばった。

「藤兵衛が刺されたんだと」

かまぼこ屋が娘にそう言った。

「えっ」

「死んじゃいねえが、意識はもどらねえ。最後に能書きのせいで刺されたみたいなことを言ったらしいぜ」

「そうなの……」

かまぼこ屋は真っ赤な顔になっている。含羞があふれている。無愛想だが、心の戸は目一杯に開いたという感じ。この娘に対峙したら急にだった。

八

お京は震えながら、帰って行った。

その後ろ姿を見送って、人生庵の女房が言った。

「じつは、お京ちゃんが働いている家のご隠居とも、うちの人は喧嘩をしてます」

瀬戸物屋の佐吉が言っていた隠居は、お京のあるじのことだったらしい。

「多いね、喧嘩が」

「なんせ能書きたれちゃ、自分の意見は曲げませんから」

お京のあるじというのは長七《ちょうしち》といって、元料理人だったという。

それも、なんと深川《ふかがわ》の名店〈平清《ひらせい》〉の板長をつとめたこともあったほどだというから、腕は超一流だったのだろう。

「あの平清か」

深川永代寺《えいたいじ》の門前にあって、蜀山人《しょくさんじん》こと大田南畝《おおたなんぽ》が「湯治場料理店」とその店の特徴を書いたことでも知られる。料理の前に湯に入り、さっぱりしたところで海や川の珍味に舌鼓《したづつみ》を打つ。

また、そこの鯛の潮汁は、塩一振りだけで味をつけ、そのうまさは江戸の料理の最高峰とさえ言われた。

長七はそこに引き抜かれた。

それまでも、〈まぐろの長七〉と言われて、江戸中の板前でその名を知らない者はいなかったほどである。ふつう、江戸っ子たちは赤身のところしか好んで食べない。下っ腹のあたりはくどすぎると、猫の餌にしてしまう魚屋もいた。だが、長七は脂っこいところも寿司にして食わせた。これが酢飯と合って、何ともこたえられないうまさになったという。

歳は六十半ばだが、足を悪くして立ち仕事の板前はつづけられないと、引き止められるのを振り切って隠居した。

「だが、あの隠居も、この人生庵のそばは大好きなんですぜ」

と、かまぼこ屋が言った。

「ほう、そうなのか」

「ほんとは店に来て食いたいのだが、あの人も能書きたれで、その能書きの食い違いからつい喧嘩になってしまうんで」

かまぼこ屋がそう言うと、人生庵の女房は、弱ったものでしてという顔で大きく顔をしかめた。

「それで、身の回りの世話をさせている親戚の娘のお京ちゃんに、毎晩、そばを取りにこさせるんです」

「そういうことか」

喧嘩はしても、怪我などさせたらそれほど好きなそばが食べられなくなる。だから、隠居の長七を疑う必要はないだろう。

「お京ちゃんはそばを受け取ると、必死で持っていくんですがね、ここの藤兵衛はそのときにかかる時間も計算してそばを茹《ゆ》でていたんです」

と、かまぼこ屋は言った。

「へえ」

「まったく、能書きさえたれなきゃ、江戸でも指折りのそば屋なのに」

と、かまぼこ屋は、褒《ほ》めているのか貶《けな》しているのかわからないような顔をした。

ふと、戸が開いた。

小柄で目つきの鋭い老人が立っていた。

「あら、ご隠居さま」

女房が目を見開いた。さっきのお京が付き添っている。

もっと弱っているかと思ったが、足を痛そうにする以外は元気そうである。

「見舞いに来た」

ぶっきら棒な口調だが、温情は感じられる。藤兵衛はあれだけ能書きをたれていたわりには、味のわかる連中からはじつは慕われていたのかもしれない。

「能書きのせいで刺されたんですって?」

と、長七は竜之助に訊いた。もちろん、奉行所の同心だと見て取ったからである。

「そうなんだが、どんな能書きをたれたのかはわからねえんだ」

「これは刺されたことと関係あるのかどうかわからねえんだが……」

と、長七はうつむいた。

「なんでもいいから言ってくれよ」

竜之助がうながした。

「夕べのそばが変だったんでね」

「変?」

「牛肉の脂の味がかすかにしたんでさあ」

「牛肉？」

　わきでかまぼこ屋が素っ頓狂な声をあげた。

「あれは間違いねえ」

と、長七が自信に充ちた口調で言った。

「でも、藤兵衛さんがそんなものを出すわけがない」

と、かまぼこ屋が反論した。

　沈黙がつづいた。

　二人とも意見を曲げる気配はない。

「こういうことは考えられねえかい？」

と、竜之助が長七とかまぼこ屋に訊いた。「客が持ち込んだってのはどうかね。そばと牛肉は合うのかどうかと」

「ああ、そういうことはあるかもしれねえな」

　長七はうなずいた。

「それにしても牛肉とは……。夕べはそのあと、あっしも花巻そばを食ったんですぜ。でも、なにも気づかなかったということは……」

　かまぼこ屋は愕然《がくぜん》としている。花巻そばというのは、一面に刻んだ海苔《のり》を散らしたたけのタネ物で、磯の香りがいいとそば好きには好まれる。

「それでも牛肉の匂いに気づかなかった。いくら牛肉を食べたことがなくても、異様な匂いには気づくべきだ……」

と、かわいそうなほどかまぼこ屋は落胆した。

「それはこっちを先に調理したから、味も落ちてしまったんですよ」

お京がかまぼこ屋をなぐさめるように言った。

「たとえその次でも、かすかな味の異変に気づいてもいい。おいらはまだまだだな」

かまぼこ屋は反省ひとしきりである。

そのとき、奥の部屋で藤兵衛がうなりはじめた。言葉になりそうでならないような、苦しげな声である。

「おかみさん。医者を」

と、竜之助がうながした。

「はい」

と、女房はすぐに医者を呼んで来た。

長七もかまぼこ屋も、呆然《ぼうぜん》と上がりがまちに腰を下ろしている。

今宵《こよい》はもう調べどころではない。

「では、明日また話を聞かせてもらうぜ」

竜之助はそう言って、人生庵をあとにした。

九

けっこう遅くなっていたのに、八丁堀の役宅にもどると、小坊主の狆海がやよいにおしるこを食べさせてもらっていた。あんまり幸せそうなので、心配ごとがあるようには見えない。だが、竜之助が、

「たしかに雲海和尚はおかしいな」

と言うと、顔がきゅっと結ばれたようになった。

「そうでしょう」

と、狆海も心配でたまらないのだ。

ぺらっちょ坊主と近所でも評判のおしゃべりがあまりぺらぺらしない。夜も静かに考えごとをしているという。

「あれじゃないでしょうか。迷子になった恋というやつ？」

狆海がそう言うと、竜之助は何のことかわからず、やよいを見た。

「狆海さん。それって、道ならぬ恋のこと?」

「ああ、そうです」

これにはつい笑ってしまった。

「道ならぬ恋か……」

だったら、悩むしかない。悩むなというほうがまちがいだろう。

「おかしくなったのは、十日ほど前に横浜に行ってからだと思うんです」

「横浜になんか何しに行ったんだい? 黒船見物かい?」

「いえ、うちの檀家であっちに引っ越した人の葬儀があったんです。ほんとは日帰りするはずが、一晩泊まって帰ってきたら、もうあんな感じでした」

「ほう。横浜でな?」

粗悪な異国の酒も出回っている。その類《たぐい》を飲みすぎたのかもしれない。

「それで、夕べなどはふらふらと町に出て行きました」

「そりゃあ、春の宵だもの。夜道をそぞろ歩きたくもなるだろうさ」

と、竜之助はかばうように言った。

「どこに行ったと思います?」

「逢引じゃねえんだ?」

「はい」

「よからぬところかい？」

狆海には訊きにくい。

そんなところまで狆海はあとをつけたのだろうか？

「やあねえ、竜之助さまったら」

やよいは狆海に顔をしかめて見せた。いつも言っている若さまという呼び名は使わない。そこらはしっかり機転が利く。

「ちがうんです。吉原とかは北にあるんでしょう？　和尚さまは南に向かいました。わたしはずっとあとをつけました」

悩む雲海を、それをまた心配する狆海があとをつけて行く。

どこかおとぎ話めいた光景のようだが、当人たちは真剣なのだ。

「この近くも通りましたよ。和尚さんはなんと、大川の河口に来たんです」

「へえ」

「夜の海をうっとりしたように眺めていました。わたしは、まさか入水《じゅすい》でもする気かと心配になりました」

「だって、うっとりしてたんだろ？」

「はい。でも、前にも三人立てつづけにふられて、死のうと思ったことがある人ですから」

「そうだったな」

「ところが、すぐそばにやはり女の人がいて、その人がふらりと飛び込もうとしたんです。和尚さんはすぐにその人のそばに行き、身体を抱えてこう言いました」

「いっしょに死のうってかい?」

竜之助はそう言って、自分でもそれじゃああまりにもひどい三文芝居だと思った。

「いいえ。説教をしたんですよ。せっかくさずかった命を粗末にするんじゃないと言ってました」

「ふうん」

どうもよくわからないなりゆきである。

「だから、死のうとかそういう気ではないみたいなんです。なんか、川の流れとか雲の動きとかそういうのにじぃーんと来ているふうでした。何なのでしょう、あれは?」

狆海は首をかしげた。

やよいも訳がわからないといったふうである。

「そんなような戯作が……」

竜之助はその話を聞き、昔読んだ阿無亭愚林《あむていぐりん》の戯作にそんなのがあったことを思い出した。

「若旦那が主人公なんだけどな、その若旦那は女に惚れたのかと思ったら、ちがってたんだよ」

「何だったのですか？」

「観音さまだった」

竜之助がそう答えると、狆海もやよいも途方に暮れたような顔になった。

だが、実際そういう話だったのだ。観音さまと若旦那と生身の女の三角関係。信じることの一途さと、あやうさも感じられる不思議な読後感の戯作だった。

十

翌日――。
同心部屋では朝から別の騒ぎがあった。

前に矢崎が取り逃がして、火盗改めに捕縛された火付け盗人《ぬすっと》が、移送の途中で逃亡してしまったという。

それを聞いた矢崎が喜んだこと。

「今度こそおいらが捕まえるぜ」

と、さっそく足踏みをはじめたほどだった。

だが、ヤツはやけになっているというので、警戒の受け持ちや当番を決めるのになんだかんだあった。

そのあいだ、気になるので藤兵衛のようすを文治に訊いてきてもらった。

どうも夕べはうなされ、ずいぶん言葉も発したらしい。ただ、まるで意味のない言葉だった。

それでも医者が言うには、いくぶん回復に向かってはいるらしい。

やったほうはてっきり殺したと思っているだろう。もし、生きていることがわかったら、藤兵衛はもう一度、狙われるかもしれない。文治の下っ引きを二人、張り込ませることにした。

そんなわけで、竜之助と文治が人生庵に来たときは、昼過ぎになっていた。

藤兵衛の容態は朝と大差なく、いまは静かに眠っていた。

竜之助は座敷に上がり、品書きを見た。

牛肉ということが気になっている。もちろんそんな料理はない。

ただ、かしわ南蛮がある。鴨南蛮もある。

どちらも生きものの肉だが、こっちは豚や牛などとちがって江戸っ子にもよく食される。

竜之助はたいがいせいろを食う。懐にゆとりがあるときは天ぷらそばを頼む。肉はあまり食べないので、味も想像できない。

「かしわ南蛮や鴨南蛮の注文は多いのかい？」

と、茶を運んできた女房に訊いた。

「多くはないですが、そういえば、この二つを大好きな人が……たしか、うちの人がそっとあいつは神主なんだぜって」

「神主がな」

じつはめずらしくもないだろう。僧侶も神主も、頭巾《ずきん》をかむって悪所に現われたり、飲み屋で酒をあおっていたりする。

「遠くから来るんだとも」

「遠くからな」

それもめずらしくはない。檀家や氏子たちに見られたくないから、わざわざ遠くまで出かけて行く。

遠くから来て、かしわ南蛮や鴨南蛮を食う。

——だが、待てよ。

もしかして牛の肉の塊を持って来て、これで南蛮はできないかと、そんな話になったりはしなかったか。

「神社の名は言わなかったかい？」

と、文治が訊いた。

「たしか、得助《とくすけ》稲荷神社の神主だと」

「得助稲荷か」

文治は顔をしかめた。

「どこにあるんだ？」

と、竜之助は文治に訊いた。

「竪川《たてかわ》沿いの、ほとんど亀戸村《かめいどむら》に近いあたりです」

「たしかに遠いな」

「ええ。評判が悪い神社ですよ。得助は、損得の得で、人徳のほうじゃない。それがにじみ出ています。そういえば……」

「どうしたい？」

「あの神社はもうじき大事な祭礼があるはずです。あそこはもともと、わきにある大名家の下屋敷の中にありましてね。それが屋敷を削られたときがあって、中からはみ出てしまったんです」

「祭礼だったら、穢《けが》れは厳禁だな」

「ええ」

「まさか……」

竜之助も、顔をしかめた。

藤兵衛なら威《おど》すことはしなくても、からかうくらいはしたかもしれない。余計な能書きもたれたのではないか。

十一

竜之助と文治は、その神社に行ってみた。ついたときには夕暮れが訪れようとしていた。

稲荷の石像が建物と比べて大きく、けばけばしいくらいに彩色されている。歌舞伎役者に化けたキツネのようである。

神社全体もどことなくいかがわしく、見世物小屋のような佇《たたず》まいである。

旗が生温かい風にはためいている。新しい旗である。祭礼が近いからだろう。

声がした。

本殿からでっぷり肥った男と、若い娘が二人出てきた。

巫女《みこ》に祝詞《のりと》の稽古をさせていたらしい。

「今日はこれまでにしよう」

と言ったと思ったら、神主は巫女の片方の尻をぺたんと叩いた。

「やぁん」

巫女のほうもそういうことには慣れている感じがする。

「腹が減ったのう。どうだ、あとで寿司でも食いに行くか」

「ああ、嬉しい」

「じゃあ、着替えて、いつもの橋で待ち合わせだ」

「はぁい」

おい、寿司はいいのか？　と、竜之助は思った。殺生《せっしょう》については、寺ほどはうるさくないのかもしれない。

だが、もしもこいつが牛肉を食っていたとしたら、寿司どころの騒ぎではなくなるはずである。世間の嫌悪も、寿司とは比べものにならない。まして、祭礼間近の神主のやることではないだろう。

ほんとに牛肉を食うのが穢れなのか、竜之助は知らない。だが、神主がそれを指摘されれば、きわめてまずいことになるはずである。

「よう、神主さん」

敷地のわきの住まいに入ろうとしていた神主に、竜之助は後ろから声をかけた。

「何か、御用で？」

神主は、同心姿の竜之助を見ると、顔を強ばらせた。

「うん。神主さんは、人生庵ていうそば屋によく行くらしいね」

「え」

息を呑んだ気配がある。

「あそこの藤兵衛は誰かに刺されたぜ。刺したやつは絶対に死んだと思ったろうな。ところが藤兵衛はしぶとくてな、まだ生きて、しかも快方に向かってる」

「……」

「神主さんはかしわ南蛮や鴨南蛮が好きだそうで」

「……」

こぶしをにぎった手がかすかに震えているのも見えた。

「いろいろ調べていてね」

「神社は町方とは関わりはありませんが」

神主はそう言って、慌てて家に飛び込んで行った。

十二

神社や寺が相手のときは、急いで突っ込むと、かえって調べは面倒になってくる。それに、あの夜、番太郎に目撃されたのは二人の男である。一人は神主としても、もう一人は見当がつかない。

竜之助と文治は、人生庵にもどってきた。

すると、中に慌ただしい気配がある。

「どうしたい？」

「うちの人の意識が……」

女房の声に喜びの気配がある。

竜之助も奥の座敷に上がった。

医者が藤兵衛の額に冷たい手ぬぐいを載せたところだった。

藤兵衛が竜之助を見、ぼんやりとだが町方の同心と気がついたらしく、

「それ……」

と、わきにあった汚い手ぬぐいを指差した。

「あ、すみません。洗濯する暇もなく」

女房がそう言うと、藤兵衛は顔をしかめた。その反応に竜之助は意味を感じた。

「洗うなってかい？」

と、竜之助が訊いた。

「あん……」

かすかにうなずいた。

「刺した野郎が持ってたんだな」

「あん……」

言葉はまだはっきりとは言えない。意識も濃い霧の中にいるような具合なのだろう。

「どこにあったんだ、これ？」

と、竜之助は女房に訊いた。

「土間に落ちてたのを、まさかそんな大事なものとは思わず」

証拠である。

――この模様……。

見たことがある。

太い棒線に子持ちの線が一本入っただけの単純な模様である。それでもどこかで見た。

夕もやの中ではためいているようすが浮かんだ。

――旗だ。

得助稲荷の境内ではためいていたのは新しい旗だった。こっちは古い。祭礼で新しくしたのだ。古くなったのは、こうしていくつかに切って、手ぬぐいに使っている。

あの神主か、それともあいつに使われたやつがもらって使っていたのだ。

「藤兵衛、やったのは得助稲荷の神主か？」

「……」

表情に変化はないし、言葉もない。

そのかわり藤兵衛がつらそうに手を伸ばしてきた。

「つかませてくれってかい？」

「あん……」

うなずいた。顔の近くにつけると、鼻を寄せるようにした。

「匂いか？」

「あん……」

また、うなずいた。

竜之助に閃《ひらめ》くものがあった。

あの元平清の板長の長七を呼んできてもらった。

わけを話すと、長七はちょっとつらそうな顔をした。

「匂いか。あっしは味は誰にも負けねえが、嗅覚《きゆうかく》は素人とあまりちがわねえ」

「ご隠居さま。きっとかまぼこ屋さんなら」

と、付き添ってきたお京が言った。以前、もらった匂い袋をたもとに入れていたとき、一間以上離れていたのに、気づいたことがあったという。

お京がかまぼこ屋を呼んできた。

この旗でつくった手ぬぐいの匂いを嗅《か》いでもらった。

「ん？　獣の肉の匂いが……このくどい匂いは食ったことはねえが嗅いだことはある。おそらくこれは牛の匂いですぜ」

お京がうっとりとかまぼこ屋を見つめ、隠居の長七がははあと得心のいったような顔をした。

十三

文治をつれて、得助稲荷にもどった。

巫女たちと寿司屋に行くと言っていたので、いまはいないかもしれない。もしも家に誰もいないようなら、内緒で家捜しをするつもりにもなっている。

だが、家に明かりがある。

ひそんでいると声がした。

「親分。薬喰いってのは力がつく感じですねえ」

「まったくだ。神主も力つけすぎだ」

「馬鹿たれ。それくらい力をつけぬと、霊力は身につかぬのさ」

神主といかにもヤクザというような男たちがわきの家から出てきた。開けた障子の中から煙りが流れてくる。獣の肉を焼いた匂いである。悪い匂いではないが、神社の境内にふさわしいとは思えない。

周囲は畑や田ばかりだから、やれることで、町中の神社でこの匂いをまき散らしたらちょっとした騒ぎになるだろう。

「それにしても、町方の同心てえのが気になるなあ」

と、親分と言われた男が言った。

「なあに、木《こ》っ端《ぱ》役人なんざどうにだってなる。いざとなれば、後ろのお方が」

神主はそう言って、後ろを見た。そちらには広大な某藩の下屋敷がある。大名が横槍を入れ、明らかになった悪事がふたたび闇に消えることもたしかにある。

「そうはさせたくねえよなあ」

と言いながら、竜之助が姿を見せた。文治がその後ろで、十手を構え、袖をまくった。

「あ、この野郎だ」

「藤兵衛が息を吹き返したぜ」

「なんだと」

親分が慌てた顔をすると、

「こうなりゃ、こいつらの息の根を止めてから、もういっぺん藤兵衛を刺してくるしかあるまいな」

と、神主は居直った。

「藤兵衛は能書きなんか垂れるもんじゃねえって反省してたぜ」

「まったくだ。これからは異人向けに牛南蛮をつくれと勧めてやったのに、牛の脂はそばには合わねえとぬかしやがった。獣の肉はうどんのほうが合う。あんたもうどんを食ってればいいだとよ。しかも、わしがこの神社の神主だというのに気がついていやがった。野郎の娘がこの近くに嫁に来てやがったのさ」

「そういうことだったかい」

大事な祭礼の前に、牛の肉を食っているなどと言い触らされたらたまらない。

神主は急いで友だちのヤクザをつれてきたといったところだろう。

「さあ、やっちゃってくれ」

神主はそう言って、二、三歩、後ろに下がった。

親分と子分二人が代わりに前に出てきた。

ヤクザたちはだいぶ喧嘩慣れはしているらしい。竜之助を三方から囲むようにした。

竜之助は後ずさりした。さりげなく境内を出て、前の道まで来た。往来で暴れた連中を捕縛しようという魂胆だった。

竜之助は十手を抜いた。

「文治。危ねえからちっと下がっていてくれ」

そう言うと、紐を持ちながら十手をくるくると回しはじめた。

「野郎、舐《な》めるなよ」

若いヤクザが懐から短刀を取り出した。

刹那、十手の紐が伸びたと思ったら、大きく弧を描き、構えた短刀をはじき飛ばした。

「痛《い》てて」

手を押さえて転がった。指先あたりが砕けたかもしれない。

「もうすこし加減をしなくちゃな」

そう言って、すでに竜之助の手にもどっている十手をもう一度放った。

今度はまっすぐ飛んで、もう一人の若いヤクザの構えた短刀の刃を打った。

かきん。

と音がして、刃が折れたのがわかった。

「野郎」

親分は度胸があるというより、自棄《やけ》になりやすいらしい。短刀を脇に寄せ、身体ごと突進してきた。

もう一度、竜之助の十手が宙を走った。

十手の鉤《かぎ》が短刀の刃をとらえたと見えたとき、竜之助は紐を強く振るようにした。

その途端、親分は後ろにひっくり返っている。

短刀ははじけ飛び、親分は何もなくなった手を開いてじっと見た。

「雷が落ちたかと思ったぜ……」

十四

四人まとめてお縄にしたのを大番屋には入れず、そのまま奉行所に連れて行った。あとの寺社方との面倒な話し合いは、矢崎や大滝にまかせるつもりだった。

下手人を挙げたことは伝えておこうと、竜之助は一人で人生庵に向かった。

戸を開けると、女房の笑みが見えた。いい兆《きざ》しである。

「同心さま。うちのが重湯をおかわりして」

隣りで医者が安心したようにうなずいた。

「そいつはよかった」

枕元には、かまぼこ屋とまぐろの長七、お京が座って、やはり安心した顔で藤兵衛の寝顔を見ている。気のせいか、さっきよりも顔色がいい。

「さっき、また言ったんです。もう、能書きは言わねえって」

と、かまぼこ屋は苦笑しながら言った。「だから、あっしは別に言ったってかまわねえよと答えました。あんたはあんただけのそばをつくるんだ。ちっとぐれえ能書きをたれたくなるのも仕方ねえって」

「そうだな」

と、竜之助も笑ってうなずいた。

能書きを言うもよし。言わぬもよし。うどんもよし。そばもよし。雨の日、晴れの日。柳は緑、花は紅と言ったのは詩人の蘇東坡《そとうば》だったか。いろんな人がいるから、いろんなことがあるから、この世は面白い。

「ほんと。言わないかまぼこ屋さんも素敵だけど」

小さな声が聞こえたので、思わずそっちを見ると、お京が赤くなってうつむいた。かまぼこ屋に名前がついて、店頭に愛想のいいおかみさんの姿が現われるのもそう遠い日ではないかもしれない。

竜之助はそのあと、大海寺に急いだ。

今日も座禅を組む約束をしていたのだった。

雲海はあいかわらずだった。

ただ、竜之助の座禅が終わると、自分からぽつりとこんなことを言った。

「片言隻句《へんげんせっく》に打たれることもあるんだな」

「え？」

「この世の真実を見つめた言葉ってのがあるんだな」

「それはお経ですか？」

竜之助が訊くと、雲海は首を横に振った。

「お経じゃないのだ。誰が言った言葉なのかはわからぬのさ」

それはやはり、雲海が横浜で聞いた言葉だという。

元は本郷にいた檀家が横浜で亡くなったため、お経をあげに行った。そのとき、気分が悪くなり、休ませてもらっているとき、小耳にはさんだ言葉だった。

「ああ、この前の一粒の麦がどうとかという」

「それだけではないぞ。すべて疲れた人、重荷を負った人はわたしのところに来なさい。わたしがあなたたちを休ませてあげましょう」

と、雲海は言った。ようやく悩んでいることをすこし洩らそうという気になったらしい。

「わたしって、お釈迦さまのことですか？」

と、狆海が訊いた。

「いや、釈迦がそんなことを言ったとは、わしは知らぬのだ」

雲海は首を横に振った。

そのとき、後ろから声がした。

「和尚。それはあまりよそでは言わぬほうがいいぞ」

老人がいた。この前、お寅と話していたおかしな老人である。いつ来たのか、竜之助もわからないほどだった。この老人はこれほど気配を消すことができる……。

「え？」

雲海が老人を見て、教えを請うような目をした。

「それは耶蘇《やそ》の教えだ」

後ろめたいような顔で見たりしていたのだ。


「やっぱり」

と、雲海はつぶやいた。薄々感じるところはあったらしい。だから、釈迦像を後ろめたいような顔で見たりしていたのだ。

さすがに竜之助も狆海もそっと周囲を見た。耶蘇の教えはまずい。禁教であり、大罪である。

「あんたはなぜ、それを？」

と、雲海は怯えたように訊いた。

「わしは物知りだからな」

老人はそう言うと、本堂から出て行った。

「あの老人は？」

と、竜之助が訊いた。

「上方《かみがた》から来たそうだ。山科卜全《やましなぼくぜん》と名乗った。わしはてっきり易者《えきしや》かと思ったが、ちがうのかな」

雲海は不安げに、老人が消えた春の闇を見た。

第三章　夢の花嫁

一

「よう、じろちゃん、いるかい？」

と、幼なじみの紋吉《もんきち》が、神田富松町《とみまつちょう》の裏長屋にある次郎太《じろうた》の家を訪ねて来たのは、柳原土手《やなぎはらどて》の桜が七分咲きほどになったころだった。いつも、桜がこれくらいになると一雨やってきて、咲き誇る前に散ってしまうのではないかと江戸っ子たちは心配するのだが、今年はいい天気がつづいていた。

次郎太は横になり、自分で自分の身体を揉《も》んでいるところだった。これをちゃんとやらないと明日の仕事に差し支える。船頭は身体が基本で、どこかが痛いの、だるいのと言っていたら、仕事にならない。揉みほぐしてからゆっくりと眠る。

「紋吉か。ひさしぶりだなあ」

次郎太は嬉しそうに笑った。

「上がれ、上がれ。酒はないが、さっき客にもらった饅頭《まんじゅう》が一個あるよ」

「おう。上がらせてもらうよ」

「一年以上、顔を見ていなかったな」

「ああ、ちっと上方に行ったりしてたもんでな」

「悪いことしてんじゃねえかって言ってるやつもいるぜ」

人づてに賭場で紋吉の悪口が言われていたと聞いた。

紋吉はワルだったが、次郎太にはひどいことはしなかった。いや、一度だけしかけたことはあった。他人を脅すのを手伝えと、刃物を突きつけてきたことがあった。だが、そんなことをしちゃ駄目だと次郎太が怒って、紋吉を頭の上に抱え、大川に放り投げた。それは、紋吉のためを思ってしたことでもあったので、紋吉も身に沁みる感じになったのだろう。以来、いくらか遠慮するようなところが出た。

「してねえよ。それより、今日はいい話を持ってきたぜ」

「いい話ねえ」

「あ、信用してねえな」

「まあな。おめえの話はいつもうまくいきっこない話ばっかりだもの。なんだよ、言ってみな」

「嫁だよ。じろちゃんに嫁を世話しようというのさ」

「嫁……」

顔が歪《ゆが》むのが自分でもわかった。おふくろは、「あんたに嫁を取るまでは」と言いつつ、肺の病で二年前に亡くなった。おふくろの夢を叶《かな》えられなかったのが、心の傷になって残っている。

「持参金付きだぜ。どうでえ、すごいだろ？」

「じさんきん？」

次郎太は難しい言葉はあまり知らない。

「嫁になる女が、これから世話になりますと、あんたに金を持って来るんだよ。十両ほどだがな」

「嫁になってくれるうえに十両くれるのかい。そんなうまい話がこの世にあるとは思えねえなあ」

と、次郎太は疑いの目を幼なじみに向けた。

「じろちゃん。それが持参金てもんだよ。安心しな。けっして珍しいことじゃねえんだ。仕事ができる男にはよくあることなんだぜ」

「そうなのか」

「ああ。これこそじろちゃんにぴったりだと、急いで持ってきた話なんだぜ」

「ふうん」

あいにくと次郎太は金には困っていない。船も自前のものを買った。働き者だし、誰にも負けない速さで船を走らせることができる。何人か可愛がってくれている親方もいて、仕事は引きも切らない。年に十両あれば一家四人がつましく暮らしていけるが、次郎太は独り者なのに年に二十両も稼ぐ。余裕の暮らしである。

「ははあ、そんな金をくれるなんて、よっぽどひどい女なんだな」

「そんなことはねえ」

「会ってからだな」

と、次郎太はそっぽを向いた。

「会うのは駄目だよ」

紋吉は慌てた。

「それじゃ駄目だ」

「だって、いざ会ってから断わったりしたら、女がかわいそうだろ」

「え……」

次郎太は考えた。ほんとにそうだ。じつは自分にもそんなことがあった。会って話したらその日のうちにやめたいと言ってきた。旅籠《はたご》の下働きをしていた娘で、丈夫そうな身体つきをしていた。次郎太はすっかりその気になっていたから、断わられてずいぶん傷ついたものだった。

「よし、もらう」

と、言った。女を傷つけることはしたくない。

「手付けは一両」

と、紋吉は金を置いた。

「ほんとにくれるのか」

「おれは嘘は言わねえって」

それからいくつか手順を説明してくれた。三日後につれて来るという。親戚の挨拶。そのときの着物。さすがにいくつか面倒なことがある。全部、覚えていられるか自信がねえと言うと、紋吉はまた当日、くわしく説明すると言って帰って行った。

どんな凄《すご》い女が来るか。

町で見かける女にも、あんなのは絶対に嫌というような女はほとんどいない。来てくれると言われたら、十人中、断わりたいのは一人いるかどうか。前にべろべろに酔っ払って、そこの用水桶で身体を洗っている女を見て、あのときだけは嫌だなと思った。でも、ああいう女はそうたくさんはいないだろう。

──人間なんだろうな。

夜中に首が伸びるのは嫌だな。ひょろひょろひょろ……。想像するとおかしくなった。

それでも首が伸びたって、困ることはねえし。

──別におばけでもいいや。

と、次郎太はにんまりした。

二

それから翌日、翌々日と、次郎太は大川や竪川で船を走らせながら、ちょいちい昔のことを思い出していた。

大伝馬塩町《おおでんましおちょう》の裏長屋で育ったころのこと。紋吉たちと毎日、遊んでいた。

あそこらは、あのあと火事で二度ほど焼け、いまは町並も変わってずいぶんきれいになった。あのころは汚くて、ろくでもない連中が住む一帯だ、などと言われた。

道ひとつ挟んで、向こうが小伝馬町の牢屋敷。ひどい罪を犯した者が入れられ、あそこで首を刎《は》ねられたりするのだと聞いていた。

隣りの家の婆さんが急に洗濯の手を止め、

「あ、いま、誰か首を刎ねられた」

などと言ったりした。本当にそんな気がした。婆さんの言葉にはどこか嬉しがっているような気配もあった。

あんな嫌なところはなかった。

「そっちに行くか?」

と、よくおやじから言われたものだった。そっちとは、牢のことである。ちょっと悪いことをすると言われた。置いてあった豆腐代から一文をかすめたときも、隣りの長屋の塀越しに柿を一個盗んだときも。

それは次郎太だけのことではなかった。同じ長屋で同じ齢《とし》だった紋吉も飯丸《めしまる》もさんざん言われていた。

「そっちに行くか?」

いまも、呪文のように耳元で聞こえるときがある。

言うほうはもちろん、牢屋敷に行って欲しいとは思っていないだろう。だが、あんまり同じことを言われつづけると、不思議なことに行ってはいけないという決意よりも、もしかしたら行くことになるんじゃないかという不安が大きくなってくるのだった。

火事で焼ける前の年だったか、次郎太はそんな気持ちになるのは、おいらだけなのかと訊《き》いたことがあった。

たしか、長屋の路地を出たところに、材木屋の隠居がよく腰をかけている縁台があり、そこに三人が座っていた。

「ああ、わかるよ」

「おれも同じだ」

飯丸も紋吉もうなずいたものだった。

——あれから何年経ったんだ?

いまは二十六だから……、指も使って計算するがなかなかわからない。とにかく十何年という歳月が過ぎ去ったんだなと思った。

そして、約束の三日後――。

この日、次郎太は釣り船として佃島《つくだじま》の沖に出るつもりだった仕事を休み、朝から嫁が来るのを待った。

来るのは夕方ごろと言われていた。もしかしたら、そのまま女の親戚に挨拶に行くかもしれないので、ちっとましな着物を着ておいてくれと。

「ましな着物なんてないぜ」

と言うと、紋吉は自分が着ていた着物を貸してくれて、自分は次郎太の単衣《ひとえ》を引っかけて行ったのだった。

もちろん、その紋吉の着物を着て、畳の上に正座して紋吉が来るのを待った。腹が減ったが、どこかに食いに行っているあいだに来て、いないからと帰ってしまうかもしれない。だから、次郎太は飯も我慢して待った。

夜中になって火の用心の拍子木が聞こえるころになって諦めた。

結局、嫁は来なかった。一両だけもらって話はパアになった。

――あれは、なんだったんだろう？

次郎太はいくら考えてもわからなかった。

三

次郎太が船頭仲間にその話をし、仲間が文治の下っ引きに話した。変わった話だから、下っ引きはもちろん親分に報告する。

この話を文治が竜之助に話した。

「そりゃあ変な話だなあ」

竜之助は首をひねった。

〈すし文〉で寿司をつまんでいるときである。

お佐紀がいるし、高田九右衛門もいる。高田は蒸《む》し物万吉《ものまんきち》の事件のときから、すっかりこのすし文を贔屓《ひいき》にしている。

「やっぱり変ですか」

「うん。絶対、変だ」

竜之助は力説するが、周りはそうでもない。

次郎太自身もそう変なこととは思っていないらしい。

「あいつはそそっかしいから、きっと間違えて、別のやつの話だったのを、おいらに持ってきたのだ」

そんなふうに言っているらしい。

「持参金に相場ってのはあるのかな」

と、竜之助は文治に訊いた。

「そりゃあいろいろでしょうね。持参金のかわりに借金持ってきたって嫁も知ってますし」

だが、降って湧いた話にしては、なんとなく金額が大きい気がする。

しかも、一両ちゃんともらっているという。

「詐欺なの？」

と、お佐紀が訊いた。

「詐欺ではねえかも」

十両払ったら嫁をやると言って、手付けを払ったのに嫁が来なかったら詐欺である。だが、次郎太は手付けをもらっている。損はまったくない。

「女の気が変わったのさ」

と、文治のおやじが寿司を握りながら言った。

「次郎太って人を見たら、やっぱり駄目と」

お佐紀が言った。

「お佐紀ちゃん。それはひどいよ」

と、竜之助が寿司をつまみながら言った。

「あたしじゃなくて、その相手がですよ」

お佐紀はちょっとむきになって弁解する。

「あ、福川さまはお佐紀のことをひでえ女だと思ったんじゃないの」

と、文治のおやじがからかった。

「大丈夫。そんなことはないから」

竜之助はにっこり笑う。

お佐紀が安心した顔になる。

「じゃあ、旦那。次郎太をここにつれてきますか？」

と、文治が訊いた。

「近いのか？」

「向こう側の富松町ですが、ただもう寝てるかもしれません。とにかく早寝早起きらしいから。なあに、叩き起こして……」

「それはかわいそうだ。次郎太は何をしてる？」

「船頭です。あっしは去年のいまごろ、船泥棒をつかまえるときに手伝ってもらいました。あっしのとこの下っ引きの友だちでもあるんでね」

「歳は？」

「二十六でしたか」

「おいらと同じだ」

「ちっとぼんやりしたところもあるが、いいやつでね」

「紋吉ってえのは？」

「そっちはあっしの知らない男でしてね。次郎太が言うには、いいやつなんだけど、そそっかしいのが玉に瑕《きず》で、きっと今度もそうだったんだろうと」

「でも、やっぱり変だ」

と、首をひねったが、どこが変かははっきりしない。急に駄目になったら詫びに来てもよさそうなのに、それがないというのはおかしい。

するると、まぐろの赤身の寿司をつまんだ高田が、

「あれ、このまぐろの味も変だな」

と、わきから文治のおやじに言った。

「変ですかい？」

「いつもと違うな」

「へえ、わかりますか？」

と、文治のおやじが訊いた。

「それはわかるさ。身が締まって味にこくがあるもの」

高田がうなずくと、

「文治、おめえはわからねえのか？」

と、情けなさそうに訊いた。

「ああ。わからねえよ」

ほかの誰もわからない。竜之助も首をひねるだけである。

「江戸の近くで釣ったやつか？」

と、高田は訊いた。

「違うんです」

「やっぱりな」

「まぐろの味なんざどこでも同じじゃねえんですか？　まさか、まぐろも目黒《めぐろ》に限るなんておっしゃるんじゃ？」

と、竜之助は言った。

「いや、潮の速さ、遅さ、冷たさ、季節などで変わるぞ」

「高田さまの舌はたいしたもんだ。このまぐろは津軽《つがる》のほうで嵐に遭《あ》って、安房《あわ》に流れついた漁師が北の海で釣ってたやつだそうです」

と、文治のおやじが言った。

「ほらな」

そういえば、能書きそばのおやじも高田のことを理屈がわかるそばっ食いだと褒《ほ》めていた。高田は食通なのだ。

「じつは、閻魔帳《えんまちよう》の食いもの屋篇を準備しているのだ。まずは神田一帯の食いもの屋から点数をつけていこうと思ってな」

「そういうことをすると嫌われますよ」

と、お佐紀がやさしく忠告した。

「嫌われる？　そんなことはない。食うほうは喜んで参考にする。うまいものを出せば、どんどん客は来るし」

高田はやるつもりらしい。

「まぐろも変かもしれないが、さっきの話も変だなあ」

竜之助はまだ首をかしげている。

だが、奉行所もごたごたしている。例の火付け盗人はあいかわらず出没しているし、神田多町《たちょう》の油問屋ではかどわかしの未遂もあったり、町廻りの同心たちは出ずっぱりだ。とてもこんなことで時間がもらえるわけがない。

「そういえば、かどわかしの事件は……」

と、お佐紀が言うと、高田は変な音を立てて、まぐろの寿司を飲み込んだ。

竜之助もおかしな顔をした。ふいに爆発するようにこみあげた笑いを、力ずくで押さえ込もうとしている顔である。

「どうしたんです、福川さま?」

文治もそっぽを向いた。笑いを我慢している。

「あれ、親分まで」

「なんでもねえって。さ、早く食おう。津軽のまぐろを」

と、竜之助がちらかった机を片づけるような調子で言った。

四

高田九右衛門は数日前、めずらしく大捕り物の指揮を執《と》ることになった。神田多町で起きたかどわかしの件である。

急に奉行の井上信濃守《いのうえしなののかみ》から指揮を執れと言われたときの慌てぶりといったら、同心部屋では何日も経ったいまでも、まだ笑いは収まりきっていないほどである。

思い出すたび笑えるからだ。

高田は、小栗忠順《おぐりただまさ》が奉行だったころと比べれば、いまの奉行にはそれほど冷たくされていない。この日も、例の閻魔帳を片手に、点数について相談に行ったところだったらしい。

そこへかどわかしの報《しら》せが飛び込んできた。

たまたま、その場にはほかに与力がいなかった。

「高田、そなたが指揮を執れ。すぐに現場に向かえ」

「えっ」

高田はふだんから表情というのはほとんどない。表情は口が閉じているか、開いているかの二種類だけと言われてきた。だが、このときは高田にも表情があったのだと、みな、初めて知ったのである。

目が恐怖に見開き、顔全体が横に歪《ゆが》んだ。それから、顎《あご》ががくがくと揺れ出した。

「わ、わたしはそういうことはあまり」

「ぐずぐずしている場合ではないぞ」

高田がまずやったのは、厠《かわや》に駆け込むことだった。

「どうしたらいいんだ」

と、ひとりごとを言っているのを、同じ厠に入っていた者が聞いていた。

そのまま一晩中でも入っていたそうだったが、同心たちが無理やり引っ張りだした。

「さ、早く、現場に」

「ちと、腰の調子が」

「現場に行けば治りますって」

同心たちは誰も高田に指揮など期待していない。飾りとして連れて行くつもりだった。

与力は事件があると、たいがい馬で出動する。馬でなければならないというわけではないが、いわば晴れの舞台なので、たいがいの与力はそうする。

高田も馬に乗せることにした。

「早くしろ」

ところが、乗せようとすると、落ちる。固まってしまって、死んだまぐろのようにどさっと落ちる。いくらやってもその繰り返しである。

同心や岡っ引きは待っていられないので、次々に先に出動する。竜之助は高田が当てにならないのはわかっていたから、真っ先に駆け出していた。

このかどわかしの事件は、結局、下手人が娘を間違えてさらったりして、何事もなく終わったのだが、高田が馬の背にへばりつくようにして現場に到着したのは、一切合財が片づいてからのことだったのである。

五

それから三日ほどして――。

今度は室町二丁目に火付け盗人が出た。

「やつは面白がっているんだ。おいらたちを走らせて楽しんでいるにちがいねえ」

と、矢崎三五郎は怒りながら言った。

ほんとにそうなのだろうか。竜之助はむしろ、必死になっているように感じるのだが。

木戸が閉まるまではまだすこし時間がある。だいたいが遅れる。結局、一晩中開けっ放しの木戸も多い。突っ走るのに不自由はない。

岡っ引きが鳴らす笛の音が町々に鳴り響く。神田川まで出て、下流のほうへ向かったらしい。

「行くぞ、福川」

「はい」

道の先で御用提灯《ちょうちん》が揺れ、

「こっちだ」

と、声がしている。

「福川、おめえはそっちに回れ」

「はい。ときどき文治に笛を吹かせますので、方角はそれで見当をつけてください」

「よし、わかった」

和泉橋《いずみばし》を渡って、神田川沿いに走る。

火付け盗人は、柳原土手を駆けている気配である。日本橋周辺からこっちまで追いかけて来た。これだけ長い距離を追いかけて来たということは、追跡がうまくいっているのだ。なんとか捕まえてしまいたい。

竜之助はすぐに船を使ったほうがいいと判断した。河岸で速そうな船頭を探す
と、文治が、

「あ、次郎太の船が。野郎の船は速いです」

「よし。頼んでくれ」

文治が河岸に下りた。

「おい、次郎太」

「親分。どうかしましたかい？」

と、暢気《のんき》な声が返ってきた。

「御用の頼みだ。船を出してくれ」

「がってんだい」

これに飛び乗った。

次郎太の背がうねるように動き出した。櫓《ろ》を漕《こ》ぐ音も力強い。船は水面を滑り
出す。

素晴らしく速い。矢のように走る。

「浅草橋《あさくさばし》の手前までいっきに行ってくれ」

「へい」

先回りして挟み撃ちにしようとした。だが、岸を駆け上がってみると、笛の音や提灯の明かりは別の方向へ遠ざかっている。矢崎三五郎がふたたび町人地のほうに追い立ててしまったらしい。

結局、逃げられてしまった。

六

次郎太に船代を渡すため、岸に下りた。文治には先に奉行所にもどってもらうことにした。提灯を手に、船べりにぼんやり腰を下ろしていた次郎太は、立ち上がって、

「すみません」

と、詫びた。

悔しそうな、泣きそうな顔になっている。その表情だけでこの男はいいやつだと一目でわかる。

「あんたのせいじゃねえさ。あんなに速く漕いでくれたのにな。おいら、あんなに速い船は初めて乗ったぜ」

お世辞ではない。怖いくらいの速さだった。

「いやあ」

今度は嬉しそうな顔に変わった。

「じつは、あんたの話を訊きたかったんだよ」

「おいらの話？」

「嫁が来るはずだったんだろ？」

「ああ」

いい思い出を振り返るような顔をした。怒りではない。幻と消えた花嫁をいい思い出にしてしまうのは、この男の力なのだろう。

表情がくるくると変わる。そのつど、心の中が窺《うかが》える。

こんな次郎太のことをちゃんと知ったら、来なかった花嫁は後悔しただろう。

「ちっと訊きにくいんだがな、その紋吉って友だちは、あんたにないしょで片棒を担がせようとしたってことは？」

「片棒を？　片棒って言ったら悪いことかい？　おいらはそんなものは担がねえよ」

「だが、嵌《は》められることだってあるんだぜ」

「紋吉はしないさ。前においらに大川へ叩きこまれたから、そんなことはやらないよ」

ということは、前にもやったというわけである。

「紋吉ってのは何をしてたんだ？」

「あいつは親分のお世話になってるんだよ」

「親分？　ヤクザか？」

「ヤクザじゃねえよ。わからねえけど、あいつにいろいろ指図してるやつはいるんじゃねえのかな」

「どこに住んでるんだ？」

「上方からもどってからは、紺屋稲荷《こんやいなり》に近い裏店《うらだな》にいるらしいよ」

次郎太もまだ行ったことはなかった。

七

その晩のうちに紋吉を訪ねて行けば、間に合ったのである。

だが、また火付けが出るかもしれないというので、警戒を怠るわけにはいかなかった。

深夜に宿直《とのい》の同心と見回りを交替したあと、頑張って行ってみればよかった。だが、早く眠りたい気持ちが翌日延ばしにしてしまった。

紋吉は家の中で殺されていたと、文治が伝えてきた。竜之助はおのれの怠け心を責めた。

翌日の夕方——。

竜之助が行ったときは、番屋の者が出入りし、近くの岡っ引きも来ていた。調べもざっとは終えたらしい。

紋吉はすでに早桶《はやおけ》に入れられ、その隣りに紋吉の女がいた。

「去年の暮れに上方で知り合い、江戸にもどってきて、また会うようになったばかりだったんです」

「上方には何しに？」

「どさくさにまぎれて儲け仕事をしようって。儲かりゃしませんでしたがね」

それから女は悔しそうに、

「信じられない」

と、言った。

「何がでえ？」

「紋吉はああ見えて喧嘩が強かったんです。あいつがこんなふうに簡単にやられるなんて信じられません。よほど強いか、よほど気を許していたかですよ」

となると、次郎太のこともいちおう調べなければならない。

竜之助は別のことを疑った。まさか、この女を次郎太の花嫁に仕立てようとしたのではないか？

「あんた、四日前の晩、紋吉に何か頼まれごとをされてなかったかい？」

「四日前？　いいえ、あたし、この十日ほどは和泉橋に近い飲み屋に出てて、何か頼まれたってできませんでしたから」

これは簡単に裏が取れる。そういう話にまず嘘はない。

「紋吉は子どものころの話なんかすることはなかったかい？」

と、女に訊いた。

「さあ。ただ、牢屋敷の裏で育ったんでしょ。そのときの友だちとはまだ付き合いがあるとは言ってましたね。そのあとの友だちとは結局、喧嘩別れになっちまうんだとか。でも、紋吉はよかったですよ。そのうち自分も牢屋敷に入ることになるかもしれないと心配してたけど……」

「心配してた？」

「ええ。その長屋の子どもたちはずいぶん脅されて、牢屋敷に対する恐怖心は人一倍だったんですって」

「ほう」

「だから、よかったです。結局、一度も入らずに済んだのですから」

女がそう言ったとき、次郎太が駆け込んできた。文治のところの下っ引きに報せてやるようにと言っておいたのだ。

次郎太は早桶の中をのぞくと、まるで生きている男に言うように、

「なんだよ。おめえ、またそそっかしいことしちゃったのかよ」

と、崩れ落ちた。

八

そのころ――。

八丁堀の役宅で洗濯ものを干していたやよいが、

「ちと、すまぬが」

「はっ」

いきなり声をかけられて肝を冷やした。

すぐ後ろに、老人が立っていた。この老人は、気配を消して近づいてきたのか、それともわたしがぼんやりしすぎていたのか。

「こちらは、徳川、いや福川竜之助どのの役宅でござるな」

「……」

最初に徳川と言った。こっちの身分を知っている。うかつなことは答えたくない。

「今日は非番だったはずだが」

「そうでしたかしら」

やよいは正直知らなかった。最近は毎日、さまざまな事件を担当させられ、竜之助は休む暇もない。非番などというものがあるとは、本人も忘れているのではないか。

老人の歳は七十近いのではないか。背はそう低くないが、枯れ枝のように痩せている。

「ご新造かな？」

こんなときでもそれを言われるとやよいは嬉しくなる。

「どう思いますか？」

「そうじゃなあ、親戚の手伝いかな」

「まあ」

「わしは山科卜全と申す者。新当流をいささか」

「まさか……」

新当流の剣士が次なる刺客としてやってくるかもしれないとは聞いていた。だが、柳生清四郎は十五歳の少年と言っていた。何か誤解があったらしい。すると、この年寄りが刺客なのか。

正直なところ、ほっとした。この老人が相手なら、万に一つも敗れる心配はない。

そっと身体を見た。

痩せているだけでなく、肉もあまりついていない。剣を学ぶ者は、筋骨隆々としていなくともよいとはよく聞くことである。むしろ、筋肉が大事な動きを妨げることもあるくらいなのだと。たしかに竜之助も、胸のあたりや足も筋肉は発達しているが、重いものを持って働く人たちの肉の付き方とはまるで違う。逆に、ああいう人から見たら、痩せて見えるくらいかもしれない。

それにしても、この身体はない。

ときどき痰《たん》がからまったような咳をする。肺でも病んでいるのではないか。

「じつは、わしの十五になる倅がな、誰に聞いたのか急に江戸に下って葵新陰流を打ち破るなどと言い出してな」

「倅が十五ですか？　お孫さんではなく？」

「うむ。それが倅なんだよ。名前が金太郎といってな、素直でわしの倅にしてはいい倅さ。もちろん孫もいるぞ。それと、二歳の娘も」

山科卜全はそう言って、照れ臭そうに顔をこすった。

「それで、倅にくだらぬことはよせ、と説教したのさ」

「くだらぬこと？」

やよいは、斬り合いは嫌だし、全九郎がしたことを思うと、もうこりごりである。だが、それをくだらぬことと言われると、納得いかない気がする。

「くだらぬよ」

と、山科卜全はうなずいた。

「この世には、勝った負けたが大好きな手合いがけっこういてな、勝ち負けなどより大事なことがあるのをわからなくなってしまう。とくに剣なんぞに夢中になるとな」

「では、剣はなぜ、やるのですか？」

「ふっふっふ。それこそ新当流の秘伝なのでな」

なにか、話が嚙み合わない。

「ああ、そうですか」

「それで、どうしてもやりたいなら、父ちゃんが叶えてきてやる。父ちゃんが勝てば、おまえは父ちゃんより強いから、結果はやらずとも明らかだろうと。むろん、ほんとはわしのほうが強いよ」

「そういうことで出てきたのですか」

「うむ。はるばる京都から東海道をな」

「それはさぞお疲れでしたでしょう」

「だが、正直、あまりやりたくないのさ。決闘なんぞということは。どっちが勝つかはわからんし、さっきも言ったように、わしにはまだ二歳の娘もいる。だから、あまり命を無駄にしたくはないのでな」

「それはいいことですよ」

だったら、さっさと帰ればいいのにと言いたい。

「何かいい方法はないか、相談しようと思って」

「竜之助さまと？」

「そうだよ」

「……………」

どこか見当外れのような気もする。

「わしも始祖卜伝にならって、鍋のふたで戦おうかのう、福川どのと。卜伝も宮《みや》本武蔵《もとむさし》を相手に鍋のふたで戦ったからな」

「それはありえない話と聞きましたけど」

「ありえない？」

首をかしげた。

「はい。塚原卜伝と宮本武蔵は生きた時代がちがう。二人が戦うことはありえないと」

「あっはっは。時代なんぞを言うのは、剣のこと、いや、この世のことをよくわかっておらぬ者だ。現にわし自身が、武蔵とも義経《よしつね》とも戦った」

「……………」

どうも本気で話をしても無駄らしい。こういう人は機嫌よく話をしていても、突然、怒り出したりする。

「まあ、また相談にまいる。福川どのにはその旨、ご新造さまからよろしくおつたえいただきたい」

「それは、はい」

やよいは機嫌を直し、にっこりとうなずいた。

九

次郎太に子どものころの話を訊こうとしたが、紋吉の死に打ちひしがれていることもあって、なかなか思い出せないらしい。

「あの長屋があったところに行けば、思い出すかも」

というので、次郎太といっしょにその長屋のあったところに行ってみることにした。

牢屋敷の裏手。大伝馬塩町の裏の裏……。

路地を曲がっていくうち、ふいに広大な田安屋敷の中を思い出した。不思議だった。あっちはきれいな、木の香りがする家だったのに。

母屋のほうにはそう始終出入りしていたわけではない。行くときはたいがい誰かに挨拶するときで、支倉辰右衛門《はせくらたつえもん》の爺もいっしょだった。

何度も角を曲がる。曲がるたびに気分は憂鬱《ゆううつ》になっていった。

「たぶん、このあたりだな」

次郎太の足が止まった。

家のわずかな隙間から、牢屋敷内の火の見櫓《やぐら》が見える。そこまでの距離感で判断したらしい。

「こんなにきれいになっちまって」

と、次郎太は言った。

だが、竜之助は次郎太には悪いが、そうきれいとは思えない。びっしり立て込んだ中にあるので、陽がまったく射さない。風も通らない。

「ちょっと座ってもいいかな」

井戸端の木の縁を指差した。

「ああ」

竜之助もいっしょに座ってみる。長屋の者が変な顔で見るが、格好から同心とわかるので何も言わない。

「どうだ？　なにか思い出したか？」

と、竜之助は訊いた。

「三人でよく遊んだよ」

「三人？」

「うん。おいらと紋吉と飯丸と」

「飯丸ってのは変わった名前だな」

「飯を食いっぱぐれねえようにと、親がつけたんだ。でも、紋吉にはその名前のことでよくからかわれていたよ。この前、まだ苛《いじ》めてやしねえだろうなって訊いたら、向こうのほうが偉いんだとさ」

飯丸というのは賢い少年で、やがて油問屋の小僧から手代、そして番頭にもかわいがられ、いまや二十六の若さで五人いる手代の中でも筆頭の扱いを受けているらしい。

「名前ももう飯丸じゃないそうだぜ。たしか、なんとか兵衛《べえ》になったとか。店はそっちの神田多町なんだ」

「神田多町の油問屋？　名前は？」

ちょっと脳裏に引っかかってくるものがある。

「名前なんかわからねえよ。飯丸ともずっと会ってねえし」

「でも、紋吉は会ってたんだろ」

「そうみたいだ」

「神田多町はここから近いぜ。いっしょに行ってくれねえか？」

「ああ、いいよ」

二人はまた、いっしょに歩き出した。

十

次郎太は表通りを歩かずに、裏道を縫うように進んで行く。

「あんまり表通りは歩かねえのかい？」

「あ、そういえばそうだ。裏通りのほうが面白いんだぜ」

「ほんとにそうだよな」

澄まして気取った町並にはない、人間臭さがある。懐かしい感じもする。花も木もないのに、春がやってきた喜びもある。

次郎太が子どものころを振り返る気分が伝染したのか、竜之助もまた、歩くうちに、どうしても子どものときのことが甦《よみがえ》ってくる。

不思議な感覚である。

何か影のようなものを求めてさまよっていた気がする。その影は母だったのか、あるいはもっと彼方《かなた》の仏とか神のようなものだったのか。

考えまいとしているが、どうしても柳生全九郎のことがときおりふっと浮かび上がってしまう。

全九郎は最後に、「お前もわたしといっしょだ」と言った。自分だけきれいぶった顔をするなと。そうかもしれなかった。ほんのちょっとした加減でそっちの道に
竜之助の隣りにいつも別の道があり、ほんのちょっとした加減でそっちの道に
ずれていても何の不思議もなかった。

竜之助が自棄《やけ》になったり、暗い気持ちのなかにすっぽり落ち込むことがなかったのはなぜなのだろう？

もちろん剣の稽古に熱中できたことは大きい。身体を動かすことで無意識のうちに暗い気持ちを発散していた。

だが、それは柳生全九郎にもあったはずである。清四郎のようなすぐれた師ではなかったかもしれないが、剣の上達の喜びがなければ、あれほどの腕にはならないはずだった。

――わたしは小さなことに助けられたかもしれない。

と、竜之助は思った。

たとえば、鳥の名を一生懸命覚えたこと。

犬をかわいがって育てたこと。

うなぎの蒲焼のうまさに凝《こ》ったこと。

夢中になれるものが人生のときどきに出てきた。それは、川を渡るときの踏み石のような役目を担ってくれたのではないか。

ほんとうにささやかな喜び。

だが、いま思えば、それは豊かなものにもつながっていた。鳥の名を覚えることは、その向こうの自然の大きさを認識することにつながった。

犬をかわいがって、命というものについて考えさせられた。

うなぎの蒲焼に凝ったときは、職人の仕事、働くということ、さらには庶民の暮らしぶりも見えてきた。

小さなものをきっかけに、大きなものにつながっていたような気がする。

柳生全九郎には、そうしたものがなかったのだろうか——。

お玉ヶ池跡の裏通りを過ぎて、神田多町にやってきた。

一丁目から入る。諸国銘茶を売る〈三井堂《みついどう》〉、瘡毒丸《そうどくがん》を売る薬屋、京都からの下りものの傘の問屋などが立ち並ぶが、油問屋はない。

二丁目へ。ここらは青物問屋が立ち並び、毎日、青物市が立つところである。いまは市も一息ついた時間で、ところどころに葉っぱのかけらが落ちている。多町は二丁目までしかない。

「あ、あそこ」

二丁目のはずれに看板が見えた。〈紅椿屋《べにつばきや》〉。

やはり、そうだった。

かどわかしの騒ぎがあったところだった。

間口も五間ではきかない。なかなか大きな問屋である。あまり近づかずにようすを窺った。

客と話しながら、手代が出てきた。半兵衛《はんべえ》という名の手代だった。かどわかしのとき、慌てふためくあるじや番頭たちをなだめながら、あの手代が対応していた。若いが信頼は絶大で、五人いる手代の中でも筆頭の地位になっているらしい。

その手代を見て、

「あ、飯丸です。お……」

「声をかけちゃいけねえ」

と、竜之助は次郎太の口を押さえた。

なんとか兵衛は、半兵衛だったらしい。

「なんでですかい？　おいらの友だちですぜ」

「それはそうだろうが」

言いそうになった言葉を飲みこむ。友だちでも、あんたを悪事に引っ張りこもうとしてたのかもしれないんだぜ……。

だが、いまはそこまで言わず、近づこうとする次郎太を道のわきに引っ張りこんだ。

手代の半兵衛は、外にいた男に声をかけた。

「先生」

「うむ」

呼ばれた男は振り向いた。

先生というつらではない。浪人風の侍で、二刀を差している。偉そうに腕組みをし、路上の通行人たちを眺めていた。

「飯のしたくができました」

紅椿屋は用心棒を雇い入れたようだ。

二人は顔を見交わすと、嫌な笑みを浮かべた。

十一

翌日――。

紅椿屋の手代の半兵衛を見張ることにした。

ちょっと探りを入れると、半兵衛は毎日、昼の休みにどこかに昼飯を食いに行くらしい。

同心はあとをつけたりする仕事にはふさわしくない。姿格好がおなじみだから、すぐに察知される。直接あとを追うのは文治や下っ引きたちにまかせて、竜之助は見えないところで報告を待った。

半兵衛は青物市場の裏から佐柄木町《さえきちょう》を抜け、雉子町《きじちょう》に入った。表通りの店で稲荷寿司を買い、路地に入った。

文治の下っ引きで、幸次《こうじ》という若者がすぐにあとを追う。幸次はしばらくして出てくると、

「親分……」

「どうした？」

「付き合っている女がいました。ただ、あの女、たしか……」

浅草の奥山の小屋に出ている軽業師《かるわざし》ではないかという。もの凄く身が軽いことで話題になっている。

「軽業師か……」

竜之助はつぶやいた。その女を次郎太の嫁だとつれて来るつもりだったのではないか。

頭の中に場面が閃いた。パンと手を打った。

「そうか、これでわかった」

あのかどわかしの事件のとき、半兵衛が主人のかわりに身代金の受け渡しをすることになっていた。金は重いので、千両相当の茶器にしろ。それを持って、柳橋の上で待つのだ。下手人から、そういう指示がきていた。

あのとき――。

柳橋の下を次郎太の船が走るはずだったのだ。親戚に挨拶に行くという花嫁を乗せて。

花嫁はすばやく船から柳橋に飛び移り、茶器をひったくって、また下の船に飛び降りる。

そのまま凄い速さで闇に消える。

半兵衛は足がつくのを警戒し、次郎太とはいっさい接触していない。

完璧な計画だった。

ところが――。

かどわかされた娘がちがっていて、本人がもどってきてしまったため、これらの計画は急遽、中止になってしまったのだ。

その後、間違ってかどわかされた娘ももどってきている。

紅椿屋の娘にはぴったり送り迎えがつき、しばらくは動きようもない。

半兵衛は警戒して、紋吉を殺すことにしたのだろう。あるいは、どこかに昔、苛められたことへの復讐の気持ちもあったのではないか。

「旦那。どうしました？」

と、文治が訊いた。

「いや、すべて読めたぜ」

文治に推測したことを話した。細かいところはともかく、大筋に間違いはないはずである。

「しょっぴきますか」

「そうだな」

ぐずぐずする意味はない。

さっそく女の家に踏み込んだ。

稲荷寿司を口に入れたまま、半兵衛はこっちを見た。同心とわかって、首をがっくり落とした。無駄な抵抗をする気はないらしい。

だが、女は違った。

「兄ちゃん」

すばやく家の前に出て、声をあげた。

「どうした」

向かい側から返事がした。仲間がいるらしい。

竜之助は、文治に半兵衛を縛るように言って、外へ出た。

現われたのは、紅椿屋の用心棒だった。こいつも半兵衛の仲間である。次の計画は相当、荒っぽいものだったらしい。仲間を店の中に引き入れていたのだ。明日の朝には、夜中に忍びこんだ盗賊による一家皆殺しが、発覚することになっていたのかもしれない。

用心棒は刀を抜かない。じりじりと接近してくる。

居合いの遣い手らしい。

文治の下っ引きが後ろから言った。

「あ、こいつ、小屋に出てました。居合いで投げるみかんを横から真っ二つに斬ります」

それはかなりできる。

長屋の前に殺伐とした風が吹いていた。

文治も下っ引きも、用心棒の背後に回った女も、じっと二人の動きを見つめている。

南からやって来たらしいツバメが、軒先をかすめて飛んだ。それが合図のように、相手の手が動いた。

竜之助の手からもう一つのツバメが飛んだ。

ツバメは抜き切る前の刀の鍔《つば》のところに、喰らいついていった。ツバメに見えたが十手である。鉤《かぎ》がまさに口のように鍔に食い込む。

十手は回転していなかった。紐が回るのはゆるく持った手のひらで加減した。手のひらで回転する力を放出させ、十手には伝わらないようにした。これも日夜考えたすえの工夫だった。

鉤が鍔に喰らいついたとき、竜之助はこの紐を鞭《むち》でも打つように強く振った。

その衝撃は紐から十手の鉤に伝わる。

ガキーン。

先日、お縄にしたヤクザの親分が雷に打たれたようだと言った激しい衝撃で、用心棒は刀から手を放し、刀もまた宙を舞った。

文治と下っ引きが飛びついて、用心棒に縄を打った。

新しい技は完成に近づきつつある。

十二

次郎太は今日も船を出すところだった。

昨夜もゆっくり寝たらしく、身体に力がみなぎっていた。

船を洗う。その洗い方も、いかにも自分の船を大事にしているといったふうである。

洗い終えて、ぽんぽんと船べりを二度叩いた。それから何か言った。おそらく、

「今日も頼むぞ」

と、そんなことを言ったに違いない。

竜之助は、そんな次郎太のようすを河岸の上から眺めながら、まだ迷っていた。

昔の友だち二人が、次郎太を利用して悪事を働こうとした。それを告げるべきかどうか。

あの二人にしても、けっして次郎太をそこらの雑巾《ぞうきん》のように使い捨てにするつもりはなかったはずである。

もしかして、十両は騙《だま》して次郎太に片棒を担がせるお詫びと、かつて飯丸をかばってあげていたお礼の意味もあったのではないか。

それでも、次郎太は騙されたことに衝撃を受けるはずである。

なにも、奉行所がつかんだ真実を、次郎太に告げなければならないわけもない。結局のところ、次郎太とはまったく関係のないところで事態は進んだのだから。

夢の花嫁。懐かしい友だち。

知らなければ、ずっと思い出として大事にできる。

――言うべきではないんじゃないか。

だが、結局、竜之助は岸に降りて行って、次郎太に本当のことを告げた。

同心の仕事というのは、それもすべてふくめてのことなのではないか。

「え。すると、あいつは牢屋敷に」

ぎょっとした顔をした。

「ああ」

そうならざるを得ない。

次郎太は黙った。うつむいてしまった。

今日はこのまま、船の上でうつむいて過ごすのかもしれない。

だが、しばらくして顔を上げると、

「同心さま。おいらだって知ってるよ。この世にはつらいことや哀しいことがいっぱいあるってことは。飯丸も紋吉も牢屋敷なんざ行きたかったわけがねえ。でも、そっちに行かざるを得ないことが……きっといろいろあったんだよ」

と、次郎太は言った。

「そうだな、ほんとにそうだな」

と、竜之助は何度もうなずいた。

「ついてねえってことはあるんだよ。まったくそれはどうにもならねえんだ」

次郎太はそう言って、船を漕ぎ出した。
元気そうではなかったが、しかしその背中は大きく見えていた。

第四章　駆けめぐる夜

一

春の霞が出て、本当なら明るい月夜のはずがぼんやり濁っている。

闇がどことなく薄桃色に見えるのは、道のわきに咲いている桜のせいらしい。

すでに桜は散りはじめている。風が吹くと、いっせいに花びらが夜に飛ぶ。

その中を火付け盗人《ぬすっと》の米松《よねまつ》が走り去る。

どこか夢のような光景である。

竜之助はあとを追って走りながら思っていた。あの男は本当に江戸の町を火の海にしようなどという凶悪な男なのか。騒ぎに乗じて、店に押し入っては金子《きんす》の強奪を試みているのか。

何かが違っているような気がしてくる。

さっき年寄りとぶつかりそうになったのを慌てて避けたふうだった。極悪非道の火付け盗人が、あんなことをするだろうか。

黒っぽい着物が見えた。尻っぱしょりしている。

――よし、いたぞ。

竜之助はそっちへ走った。後ろ姿が見えている。それを見ながら走る。あの速さなら追いつける。追いついてみせる。

笛が鳴り、御用提灯《ちょうちん》が揺らめき、町方の者が足音も高く右往左往する。そうなると、町の連中はぴたりと戸を閉ざし、家の中に入り込む。のそのそ見物に出て、行き合わせた下手人にぶすりとやられたら堪《たま》らない。

二階がある家の者だけが、自分は安全な場所に身を置きつつ、興味津々で眺め下ろしている。

竜之助は角を曲がった。すでにやつの姿はない。すぐにもうひとつの角を曲がる。

――ん？

前方に影がない。足音もない。隠れるところはほとんどない長く伸びた道である。

る。

——しまった。

竜之助は慌てて立ち止まったが、すでに遅い。もう数町も先の夜の闇の中に駆け込んでしまっただろう。

火付け盗人の米松は二つつづけて角を曲がった。二つ目の角はもう一本先だったのだ。ということは、米松の足は目測したよりさらに速いということである。

もどろうとしたときだった。

「同心さま。町方の同心さま……」

後ろからおずおずと声をかけられた。五十くらいの小柄な男が立っている。

「ん？」

「お訊ねしたいのです。いま、追いかけていた火付け盗人は、本当に飛脚の米松なんでしょうか？」

奉行所の小者や岡っ引きたちが、しきりに名前を呼んで追いかけたりしていたので、それを聞いたのだろう。

「どういうことだな？」

と、竜之助はやさしい声で訊《き》いた。

「あれは、すぐそこの提灯長屋と呼ばれる長屋の店子《たなこ》だったのです。それで、あっしは同じ長屋の住人ですが、信じられねえんですよ。あいつがそんな悪いことをするなんて」

「ほう」

「ほんとにいいやつなんですぜ」

その顔は必死である。

「長屋に来てください。みんな、それは証明します。すぐそこですから」

米松の調べはほとんど火盗改めがおこなってきた。

逃げられてしまったもののいったんは捕縛していて、詳しい調書もある。罪はずいぶん明らかになっていて、あとはもう一度捕縛するだけだという。

米松という名前も、飛脚という仕事のことも、すべて火盗改めのほうから伝えられたのである。町奉行所では、直接には何の調べもおこなっていない。

「だが、火盗改めが来て、ずいぶん訊いていったんだろ」

「いいえ」

男は首を強く横に振った。

「来てないのか?」

「旦那。火盗改めなんざ、まったく来やしません」

背筋を寒気に似た感じが這《は》い上がってくる。

それはまったくおかしな話だった。

二

案内された長屋は、本当にすぐ近くだった。ここらは日本橋南の南塗師町《みなみぬしちょう》の裏店《うらだな》である。路地のどこにも草木はないのに、ここも春の匂いがした。春は地面の下からも匂い立ってくるのだろう。

九尺二間の棟割長屋である。

日当たりも風通しもそういいはずはない。だが、住人たちにきちんとした人間が多いのか、路地から井戸端など夜目にも全体がすっきりしている。貧しげだが、不潔感はまるでない。

「おい、みんな。奉行所の旦那だ」

と、さっきの男が路地の真ん中で大声で言った。

長屋中にざわざわした気配が漂う。

「そこで出会ったんで米松のことを聞いてもらおうと思ってお連れしたんだ」

と、さらに言った。

最初に顔を出したのは、背の高い女だった。

「奉行所の旦那かい？　あたしも言いたいことがあったんだよ」

次はつるつるに禿《は》げた頭の老人が顔を出した。

「あれはなんかの間違いだね」

それからは七、八人ほどぞろぞろ井戸端に集まってきた。

「米松はほんとに火付けなんかしてるんですか。顔をはっきり見たんですか」

「だいたい、あいつは飛脚仲間でも足が速く、稼ぎはよかったんです。盗人なんかする理由がありませんよ」

住人たちは口をそろえて米松をかばう。

やはり、何か間違いがあるのかもしれない。だが、そんなことはうかつには言えない。

「米松はいったん火盗改めに捕まっていて、そのときに顔を知られてるんだ。逃げてる米松も目撃されてるし、まず、間違いはないと思うぜ」

と、竜之助はみんなを見渡しながら言った。

「でも、あんなにいいやつがな」

「おかしいよな」

みんなの話を聞き、

「じゃあ、米松がいいやつだったとしてだぜ、その米松が火付けをしなければならねえ理由ってのは考えられねえかい?」

と、訊いた。

それまで黙っていた四十くらいの女が、

「米さんは、おくみちゃんという娘がいなくなってからは、ちっとおかしくなってました。酔っ払って茶碗を壁にぶつけたり。でも、それは当然のことでしょう。娘が急にいなくなったんだもの」

「娘がいなくなった?」

そんなことは火盗改めから聞いていないはずである。

「五つの娘です。米さんは男手一つで育ててきたんです」

「娘がいなくなったというのはいつのことだい?」

「ひと月ほど前です。かどわかしをする連中が日本橋あたりをうろうろしているときに、米さんはそうとは知らずに日本橋の通りにおくみちゃんを連れてってしまったんです」

「かどわかしをする連中？」

そんなことも聞いていない。それは飯丸や紋吉たちのことなのか。だが、あの連中は紅椿屋の娘を狙ったので、町をうろうろなんかしていない。

「米さんはしばらく火盗改めの旦那がたの調べに期待していたのですが、あまりにも進展する気配がないので、しばらくして直談判《じかだんぱん》に行きました。米さんはその日から長屋に帰ってこなくなり、そのうち火付け盗人だなんぞと言われはじめたじゃないですか」

女は悔しげに唇を噛んだ。

「その米松がいた部屋はどこだい？」

「そこです」

斜め向かいを指差した。

断わって部屋の中を見せてもらう。

何もない殺風景な部屋である。真っ黒になった手作りの人形がたたんだ布団の上に置いてある。その人形が、もどってきても相手にされないおくみのように見えて、ひどく痛々しかった。

三

竜之助は奉行所にもどると、定町廻りの大滝治三郎のところに行った。自称、仏の大滝は、奥へ向かう廊下のところで、首をかしげながら腕組みしていた。

「どうかしましたか？」

「うむ。与力の高田さんだがな」

「ああ、はい」

なかには〈高田の馬鹿〉などと陰口を利く者もいるが、大滝はそこまでは言わない。だが、嫌っているのは間違いない。

「ここんとこ閻魔帳《えんまちょう》を二冊持って歩いてんだよ。なんか、調査の項目を増やしたんじゃねえかと気になってさ。だいたい、ここんとこ、おいらたちの健康状態のことまで調べやがって、酒量から煙草を吸うか吸わないか、それから貫目《かんめ》（体重）まで訊いたりするんだぜ」

「そうなんですか」

だが、上司が部下の健康状態を気にするというのは、いちがいに悪いことでもないのではないか。ただ、高田のこそこそしたやり方が、同心たちの気持ちを逆撫でているのだ。

「今度は何、調べるんだろう？　水虫のあるなしか、それとも痔か脱腸か？」

と、顔をしかめて言った。

「それはたぶん気にするほどのことではないと思いますよ」

「なんでだ？」

「高田さまのもう一冊は、巷《ちまた》の食いもの屋の点数表だからです」

「なんだ、それ？」

「だから、町のそば屋とか、寿司屋なんかに入って、うまいかどうかを五段階に評価してるんです」

その評価は、ダルマの数で決めている。ちらっと聞いたところでは、文治の実家の〈すし文〉はダルマ四つ、能書きそばの〈人生庵〉はダルマ五つ、南町奉行所の斜め向こうにある一膳飯屋の〈まんぷく堂〉はダルマ一つだそうだ。

「くだらねえことをするもんだな」

「ご当人はそうは思ってないようですが」

だいたい奉行所というところは、本来、犯罪ばかり追いかけるのが仕事ではない。民政全般について見るところなので、食いもの屋の動向を見守るのも、奉行所の仕事としてそう外れているわけではない。

「そんなことより大滝さん、ちょっと訊きたいことが出てきまして……」

と、竜之助は火付け盗人の米松の謎について語った。

「へえ、そいつは変だな」

「変でしょう?」

「かどわかしがうろうろしてたなんて聞いたことがないぜ」

「だから、米松の犯行について奉行所のほうでも洗い直してみたいんですよ。火盗改めにまかせっきりというのもどうかと思って」

「うむ。おいらも今回は火盗改めにこき使われているようで、どうも気に入らなかったんだ。よし、ちょっと来い」

大滝は自分の机に座り、文箱《ふばこ》からいつも使っている手帖を取り出した。

「そのことは、元大工町《もとだいくちょう》の番屋でくわしく聞いたことがあるんだ」

元大工町は、日本橋の通二丁目を西に入ったところにある。

大滝は話好きの性格を生かして、番屋の連中とはまめに話をしている。小さな悪事もよく把握している。本気で洗い直すと、ろくろく調べていない火盗改めよりもくわしくわかるはずである。

「まず、米松はほんとに手当たり次第に火をつけまくっているのかを知りたいんです」

「待て。ちっと見てみよう」

大滝は日本橋周辺の切絵図を出してきてそれを睨《にら》みながら、手帖を繰りはじめた。

「たしか、最初の米松の火付けはここだ」

と、通二丁目の西側を指差した。

「ええ」

「次はここだ」

通三丁目を東に入ったところである。

そうやって、切絵図に描きこんでいくと、十一件の火付け盗みがほぼ縦一直線に並んだ。いくつか横道に入るところはあっても、そう大きくは外れない。

「全部、日本橋の大通り沿いじゃねえか」

「ほんとですね。ということは、けっして手当たり次第に火をつけているわけではないってことでしょう」

「たしかにそうだ。なにか目的があるのだな」

「でも、火盗改めは何も言ってきていない。おかしくないですか?」

「うむ」

大滝も竜之助の目を見て、うなずいた。

四

翌日――。

竜之助は十一件の火付けの現場を見て歩いた。

一つずつ丹念に見ていくと、また、気がついたことがあった。

火付けの現場の隣りには、必ず菓子屋か饅頭屋があった。

米松が五つ目に火をつけたというところは、大きな小間物屋だが、その隣りが「創業慶長《けいちょう》十一年」と書いた看板のある菓子屋だった。屋号もずばり〈慶長屋〉である。

看板を見上げていると、

「あら。町方の同心さま。調べもの?」

おかみらしき女がわざわざ帳場から立って、声をかけてきた。

「ええ。そうなんですよ」

「あたしにも訊いてちょうだい。うちは創業慶長十一年だから、古いことだろうが、なんでも知ってるわよ。赤穂浪士が討ち入りの前の日、うちでまんじゅうを五十二個買ってったらしいの。ということは、ぎりぎりで逃げたのが巷間《こうかん》伝えられてるよりも多いってことじゃないの」

齢《とし》は五十前後だと思うが、よくしゃべるおかみである。体形に貫禄があるので、黙っていたほうが老舗《しにせ》のおかみらしい威厳も出るだろうに、そんなものはいらないらしい。

「ま、それはともかく、例の火付け盗人のことを調べてましてね」

「ああ。あれね。ほんとに盗人なのかしらね？」

「どういうことです？」

「あのとき、火付けは隣りの店のわきでやったけど、水をかけろだのと騒いでいるとき、うちに入り込んでいたの。下手人がよ」

と、おかみは竜之助の袖に触った。

「それで家の中を凄《すご》い勢いで駆け回ってから、飛び出して行ったの。そのときね、うちの手代が馬鹿だから、帳場にその日の売上げを出しっぱなしにしてたのよ。その日はたいした売上げはなかったんだけど、それでも七両ほどはあったのよ。もちろん、全部がうちの利益のわけはないんだけど」

どうでもいい話が入るので、話も長い。

「あなた、よかったら上がる？　お茶でも飲んで、うちのおまんじゅう食べてみて」

手を引っ張られた。

「いや、それはいいですから」

このまま逃げてしまいたい。

「あら、そう。それで、そこは階段のわきだから、上がり下りしたときも見ないはずがないの。でも、手をつけてなかったの」

「小判にですか？」

「そう。だから、あの火付け盗人は、火付けはやってるかもしれないけど、すくなくとも盗人ではないんじゃないかしら。入り込んでざっと何かを探し、逃げているだけではないのかね？」

あやうく大事な話を聞き逃すところだった。

「そのことは火盗改めにも？」

「言ったわよ。でも、あの人たち、なんか上の空みたいで」

五

三日後にまた米松が出現した。

これほど警戒しているのに、よくも火付けを実行できるものだと感心するくらいである。だが、手口はなかなか巧妙で、提灯を持ってきたかと思うと、たもとから油をしみこませた布を出し、それに火をつけてぱっと放るらしい。

それから自分で、

「火事だ。火付けだ」

と、怒鳴るのである。

店の者も怖いけれど、すぐ前で炎が立ち上がるので、戸を開けて出ないわけにはいかない。水を持って来い、蔵の目ばりもしろと騒ぐうちに、米松が飛び込んでくるというわけである。

この夜も、竜之助は逃げる米松を追ったが、警戒していたところからは遠く、まるで追いつくことはできなかった。

そのかわり、追う者同士で、火盗改めの同心といっしょになった。町奉行所の同心と格好はよく似ている。着流しに黒羽織、十手を差している。ただ髷《まげ》は小銀杏《いちよう》のように小さくはなく、太くいかつい。雪駄《せった》履きでもなく、走りやすいように草鞋《わらじ》を結んでいる。町方よりはどことなく臨戦体制にあるという感じがして、しかも御用提灯を持っているので火盗改めとすぐにわかるのだ。

「火盗改めのお方ですね？」

と、竜之助から声をかけた。

「牧岡数馬《まきおかかずま》と申す」

「南町奉行所の福川竜之助です」

齢も同じくらいである。

火盗改めは武張った態度の同心が多いが、この牧岡は穏やかそうな性格がにじみ出ている。

「米松を追っていると、ちらほらと町の連中の声も耳に入ってくるのですが、どうも伝えられるところと実像は違っているようなのですが……」

と、竜之助は歩きながら言った。

「ほう」

牧岡は足を止めた。

「米松が火付け盗人のはずがないと、口をそろえて言います」

と、竜之助は言った。

「そんな話を聞いてますか」

「ええ」

「じつは、こっちの内情をあまり話すわけにはいかないのですが、わたしもあの米松という男についてはちっと誤解もあるのではないかと思っています」

と、牧岡が自信のなさそうな顔で言った。

「ほう」

「ただ……」

言いにくいことがあるらしい。

それならと、こっちで感じている疑問を話した。

火を付けているのは、けっして手当たり次第ではないこと。日本橋の通りに集中していること。

米松は盗みが目的ではないこと。なにせ、目の前にあった小判に手をつけなかったのである。

米松のいた長屋でも、住人たちが疑問を持っていること。

ただ、娘のおくみがいなくなってからはちっとようすがおかしくなっていたのはたしからしい。

それらをざっと話すと、

「ああ、わたしが調べたこととも符合します。米松の長屋にはまだ行ってないんですが、火付けをした家で、おくみはいないかと怒鳴っていたという証言もあります。ただ……」

またもや口ごもったが、今度は意を決したように、

「そういうはっきりしない話は慎むようにと、どうもうちの人間が店のあるじに口止めしたらしいのです」

と、言った。

「解《げ》せませんな」

「ええ。そのためにも、米松をもう一度、捕まえたいものです」

「それはどうでしょう。うちのほうも必死で追ってますので、今度はわれわれの手に落ちるかもしれませんよ」

「ま、そのときはそのときで」

と、牧岡は笑った。さっぱりした性格らしかった。

六

まだ、夜もそうは更けていないので、竜之助はその足で大海寺にやって来た。雲海和尚は出かけていたが、狆海が指導してくれる。不都合はまったくない。

座禅はやはりいいものだと思う。悟りなどは永遠に得られないかもしれないが、静かに自分の気持ちを見つめることができる。それは座禅の目的とは違うのだろうが、なにごとにも余禄というのはあったりするだろう。

ここから見る庭は、春が過ぎようとしている。春はもう行ってしまう。ゆっくり花見もしないあいだに。なんと慌ただしい春だったことだろう。

和尚はすっかりぼんやりしてしまっているとのことで、狆海も不安そうである。

半刻（一時間）ほど座り、いったん目をあけた。

すると、いつの間にか隣りにいた山科卜全がそっと顔を寄せてきた。

「先日、お宅を訪ねた」

「はい」

と、うなずく。もちろんやよいから聞いている。十五の倅の代わりにやって来た新当流の刺客だというのである。

「わしも倅に馬鹿な真似をさせたくないのでこうして出てきたが、じつは戦いは好まぬ」

「わたしもです。強くなりたくて剣を修行しましたが、戦いを好んでいたわけではありません」

「いっしょだ。ただ、心のどこかに、腕の立つ者と出会うと、腕比べがしてみたいという気持ちも湧いてくる」

それも武芸者の本能である。竜之助も気持ちはよくわかる。武者修行にも憧れたときがある。しかし、もうそんなことはしたくはない。自分の磨いた武芸は、これからは町人たちのためだけに使いたい。

「それはいけませんな」

と、竜之助は言った。

「いけないか」

「迷いでしょう」

「うむ」

「座禅を組まないと」

「そうだな」

山科卜全は慌てたように足を組み直した。


同じころ――。

雲海は、上野の山下を歩いていた。つい数日前まで、山全体を薄桃色に染め上げていた桜は、もうすっかり葉桜に変わっている。花見の客は日なたの雪のように消え、葉桜のほうが好きだなどという酔狂な人間だけが、ゆらりゆらりと散策を楽しんでいた。

雲海は葉桜を見にきたわけではない。なにかいたたまれない気持ちに襲われ、寺の門を出た。いたたまれない気持ちというのは、よく考えるとこれまでもずっとあったような気がする。自分という人間は、この世そのものにいたたまれないのではないか……。

近ごろはよくこんなふうに、知らないうちに遠くまで歩いていたりする。このあいだは、はっと気がついたら板橋宿《いたばししゅく》にいた。幽霊でも見たように怖くなって、慌てて本郷まで駆けもどったものだった。

このあいだ、自分が心を打たれた片言隻句《へんげんせっく》が、耶蘇《やそ》の教えの一部だと指摘された。それは衝撃ではあったが、やっぱりという気持ちもあった。

——なぜだろう？

自分は耶蘇の教えなど、なに一つ知らないはずである。それが、うっすらと耶蘇の影を感じていた。

——あのとき……。

横浜に行ったとき、檀家の家で気分が悪くなって横にならせてもらった。すこしうとうとした。目が覚めたとき、隣りの部屋にいた四十くらいの女が、二十歳くらいの男につぶやいた言葉が聞こえたのだ。

一粒の麦がもし地上に落ちて死ななければ、それは一つのままなの。でも、地に落ちて死ねば、豊かな実を結ぶことができるのよ……。

あれは、死が怖いものではないと教え諭しているような調子だった。つまり、死を怖がっているのを認めているからこそ、あの言葉が出てきたのだ。そこがいままで自分が思ってきたことと違った。

死は怖くない。そう思うように努めてきた。

子どものころから必死で言い聞かせてきた。

だが、恐怖がわきあがってくるのは事実だった。座禅などいくら組んでも、心が無になったとしても、立ち上がって動き出すと、死の恐怖はまた、背中にもどってきていた。

うんざりした。正直、自分なんかには坊主でいる資格はないのだと、しょっちゅう思ってきた。

もしも、死を怯《おび》えるのは当たり前だと認めることができたら、どんなに楽だろう。ましてや、その怖さを乗り越える道があるなら、もう座禅なんて組まないかもしれない。

——あのとき、女は……。

袂《たもと》からなにか光るものを取り出していた。自分はそれを薄目をあけて見ていたのだった。そのとき、女の手の中に、はっきりそれを見た記憶はない。角度からいっても、見えなかったはずである。

ところが、この数日、夢に見るのである。

銀色の十字架。それに括《くく》りつけられた裸の男。痩せて貧弱な男。

夢の中で顔に近づいていく。

髭《ひげ》におおわれた顔。うなだれた哀しげな顔。

だが、なぜか満ち足りたものも感じられる。

男は夢の中で言う。

「すべて疲れた人、重荷を負った人は、わたしのところに来なさい。わたしがあなたたちを休ませてあげましょう」

「あなたこそ、疲れているではないですか」

と、雲海は夢の中で叫んだ。

夕べも叫びながら目を覚ました。

一度だけではない。この数日、同じ夢を何度も見るのである。

——十字架なんて見たことがないのに……。

あのとき、もしかしたらもっとはっきり見ていたのだろうか。そうでなければ、あれほどはっきりと髭面や、哀しげな表情を思い浮かべられるはずがないではないか。

雲海は、葉桜の下でたたずんだ。

上を見上げた。ぼんやりと、なにかが浮かび上がってくる気配がある。

お釈迦さまだといい。あるいは阿弥陀さまだといい。葉桜の向こうに浮かび上がるのは、お釈迦さまや阿弥陀さまのほうがずっとさまになる。じっさい、このお山をもうすこし上に行けば、黄金の大仏も拝めるのである。

ところが――。

葉桜の向こうに見えてきたのは、瘦せて、貧弱な男の裸。

「なんてこった」

と、雲海は呻《うめ》いた。

「いったい全体、わしはどうなってしまったんだ」

七

米松はさまようように夜の町を歩いていた。明かりはぼんやりとにじみ、風は生温かく、歩いていると汗ばむくらいだった。

――おくみ。絶対、見つけてやるからな。

歩きながら、そう自分に言い聞かせる。

もう何日も布団の上では寝ていない。明け方近くに河岸に係留された小舟にもぐりこみ、むしろをかぶって寝る。お天道さまが昇ったら、日当たりのいい河岸の隅に移動して、また寝る。そうやって、夜に走り回るための体力を蓄える。

食うものは長屋から持ち出した生米をかじり、裏長屋の井戸で水をもらって飲む。もちろん、いちいち断わりはしない。着物が垢《あか》じみて、饐《す》えた匂いを立てるのは嫌なので、ほとんど毎日、川の流れで洗っては停泊している船べりに干す。金は持っているので、宿に泊まろうと思えばできるが、しかし、誰かに見張られていそうで、宿は避けることにした。同じように、長屋にも、もう帰りたくはなかった。

目をつむると、おくみのかわいい顔を思い出す。子どもが何人かいればいつもいちばん端のほうに行ってしまうような内気な性格である。だが、身体だけは丈夫でいままで病気らしい病気もしたことがない。

女房のおさとは、おくみがまだよちよち歩きのころに、流行病《はやり》で死んだ。まだ二十一だった。おくみのことがかわいくて堪らなかったから、死ぬときはさぞかし無念だっただろう。

以来、三年のあいだ、長屋の年寄りや女房たちに助けてもらいながら、なんとか育ててきた。

女房が生きていたころは、京大坂にものべつ荷物を運んでいて、月に四度も往復したことがあった。そんなことをしていたから、女房の死を看取ることもできなかったのだが。一人になってからは、長距離の仕事は断わり、せいぜい品川、千住《せんじゅ》、板橋、新宿《しんじゅく》の宿場あたりまでとした。そのかわり、速さでは驚かれるほどで、それを当てにした注文も増えていた。

あの日は、買い物があって大通りに出てきた。飛脚が持つ棒の先につける鈴が壊れてしまったのだ。なんでもいいのだが、しかし米松は日本橋の通四丁目にある鈴屋の鈴を愛用していた。ここのは、かたちがちょっと平べったくて、どことなく愛嬌があった。

その鈴屋で鈴を選んでいる隙に、おくみはいなくなってしまったのである。

その前に、ちらちらとこっちを窺《うかが》う男の存在に気づいてはいた。怪しい男ではなかった。ちゃんとした店の手代のような感じの男だった。

――手をつないでいればよかったのに……。

あとになって、何度もそう思った。

気になる新しい鈴があり、それに気を取られてしまって、値段の交渉などに夢中になってしまったのだ。

その前から、おくみは「おまんじゅうが食べたい」と言っていた。饅頭は大好きだった。匂いに誘われたかして入ってしまったのではないか。

四半刻（三十分）ほどして、ようやくいなくなったことに気づき、すぐに大声を上げて捜しはじめると、

「どうした？」

と、声をかけてきた二人がいた。

十手を差していたので、てっきり町奉行所の同心だと思い、これこれこういうわけでと説明すると、

「まずいな」

「うむ」

二人は深刻な顔になった。

米松はひどく不安になった。

「なにがですか？」

「先ほども、かどわかしの未遂があった。そいつをわしらも捜しているのだ。わしらは火盗改めの者」

「かどわかし？　どんな男で？」

「無精髭を生やしたいかにも凶悪そうな男らしい」

「無精髭……」

さっき、ちらちらとこっちを窺っていた男ではない。あの男はまだ若い、きれいな縞の着物を着ていた。

「それは違うんじゃないでしょうか？」

と、米松は言った。

「なにがだ？」

「うちの娘は、怖そうな男には絶対、近づかねえんです。以前、いかにも怖そうな、ちっと頭のおかしなやつに脅されたことがありましてね。そんなやつに声をかけられても、ついていくようなことはありません」

これだけの往来である。自分からついていかなければ、かどわかされるなんてことはまずありえない。

おくみはお菓子に目がなかった。いまごろはたぶん、どこかの菓子屋の中に入り込んでいるのだ。

「菓子屋を捜します」

そう言って歩き出すと、二人は米松を両方からはさむようにした。

「とにかく今日はあまり騒ぎ立てるな」

「そうだ。騒がれると、娘を殺してしまうかもしれぬ。それはこの手の悪事を犯すやつらに共通したことでな」

「殺す……」

そう言われて、米松の背筋が凍りついたのだった。

――あの朝井《あさい》と小田《おだ》という火盗改めの二人の同心。あいつら、やっぱり怪しい……。

むしろ、おくみをかどわかした者の手助けをしているのではないか。

何も連絡がないので、三日後くらいに教えられた役宅を訪ねると、まるで捜しているようすはない。暢気《のんき》なツラで、笑いながら門のところまでやって来たものだった。火盗改めなんざまったく当てにならないことは、あの顔でわかった。

自分で捜すしかなかった。

ところが、それも容易ではない。

あのあたりの店というのがまた、こっちは必死になって娘の行方を捜しているのに、商売の邪魔をするなとばかり追い払われてしまう。

――やっぱり、あのとき騒ぐべきだったのだ。

米松は悔《くや》んだ。

だから、米松はあの通りの菓子屋を狙ってボヤを出し、騒ぎの隙を狙って、中におくみがいるのかどうか、たしかめることにしたのだった。

――おくみは生きている。おいらにはわかる……。

女房のおさとのときも遠くにいてもわかった。逆にあのときは、旅先で急に、おさとの死を実感した。今回、おくみの死を感じたことは一度もない。どこかで絶対に生きているにちがいない。

米松は、おくみを捜すのをやめる気はなかった。

八

「朝井さん」

と、牧岡は先輩同心の朝井五十郎《ごじゅうろう》に声をかけた。朝井は、日本橋通三丁目の裏道のほうに、周囲を窺うような態度で立っていた。

「よう、遅かったな」

と、笑顔を見せた。朝井は小太りの体形で、一見すると親しみやすい。ただ、付き合ううちに気難しい男だというのはすぐにわかる。

「何をされてるので？」

「うむ。どうもここらで見たことのない小さな女の子を見たという密告があってな」

「ほんとですか？」

牧岡は思わず、朝井のいる塀の向こうを覗くようにした。黒板塀には、小さな節穴がいくつか開いている。

だが、なにも気配はわからなかった。

さきほど、火盗改めの役所で、朝井五十郎に声をかけた。火付け盗人の米松の件で調べているが、どうもおかしなことばかりだ。取調べの過程をくわしく話してもらえないかと。

牧岡は叔父が長官の家の用人をしていることもあって、先輩同心にもそう遠慮はしなかった。

米松の件については、この朝井五十郎と小田恭吾《きょうご》という二人の同心が担当している。二人ともけっして無能ではない。

それどころか、小田のほうは〈火盗の鬼〉と異名を取ったほどで、北辰一刀流《ほくしんいっとうりゅう》の遣い手である。朝井も、小田ほどではないが、実戦に強いと言われ、捕り物の現場ではいつもすすんで先頭に立った。

ただ、小田のほうは最近、仕事に熱意がないという噂があり、人間的にも朝井のほうが信頼できそうな気がする。そこで、牧岡は朝井だけがいるときに、声をかけたのだった。

「じつは、米松のことは、おかしなことだらけでして」

「なんだ、おかしなこととは？」

米松に火付けはともかく、盗人の疑いは見つからない。朝井と小田はなぜ、米松が盗みをしたと判断したのか、まずそれを訊いた。

「それは、一度、捕まえたとき、野郎が吐いたのさ。十両と五両、合わせて十五両を懐に入れたとな」

「なんと……」

十両盗めば首が飛ぶ。それは子どもでも知っている。それなのに、そんなことを自ら吐くだろうか？

「どの店から盗んだというのですか？」

「いま、急に言われてもな」

朝井は困った顔をした。

だが、本当に調べを進めているなら、わかるはずである。

「米松の長屋には調べに行きましたよね？」

と、牧岡は訊いた。

「いや、わたしは行っていない。小田が行ったはずだ」

「ところが、その小田さんは長屋になど一度も足を運んでいないのですよ」

「ほんとか？」

朝井は目を丸くした。

「はい。わたしは昨日、あの長屋に行って、たしかめてきました。南町奉行所の同心は調べに来たが、火盗改めのほうはまったく来ていないと、長屋の連中はそろって証言しました」

「だが、連中は連座したくない一心で、いろんなことをしらばくれるからな」

「そうでしょうか。わたしには解せないことだらけなのですが」

牧岡が首をかしげた。

すると朝井がふいに声を落とし、

「そなた、よく気づいたな」

「え？」

「小田はわたしもおかしいと思っていた」

「やはり、そうですか」

牧岡が笑ったとき、朝井のこぶしが牧岡のわき腹に炸裂《さくれつ》した。

黒板塀がくるりと回った。

朝井五十郎は、崩れ落ちた牧岡数馬を引きずるようにして、塀の中に入った。

中には不機嫌そうな顔をした小田恭吾がいた。

「どうする、小田？」

「斬るしかあるまい」

小田はいまにも実行しそうなほど切羽詰《せっぱ》まった顔で言った。

「待て、待て。この時期にこいつの遺体が出るのはまずいぞ。町方のほうにもわしらを疑っている者が出てきているらしい」

「町方に？」

「それはそうだ。やつらだって、いつまでもわしらの言いなりにはなるまい」

「では、しばらくここにぶちこんでおくか」

と、わきの蔵を顎で示した。

頑丈なつくりの蔵で、中は二階造りになっている。ここは以前、漬物屋の敷地だったところを両替屋が買い足した。そのときに、漬物をつくる蔵はそのまま放置された。ここは大きな樽がごろごろしていて、そのどれかに入れておけば、騒がれても声は外には洩《も》れないということだった。拉致《らち》したおくみも、一度、ここに隠そうかという案もあったのだが、ずっとぐったりしていたので、結局、使わずじまいになった。

朝井と小田は、牧岡の手を後ろ手に縛り、大きな樽の中にはしごを使って放り込んだ。

「小田。一人百両の礼金じゃ足りなかったかもしれぬな」

息を切らしながら朝井は言った。

「まったくだ」

小田は苦々しい顔でうなずいた。

「それにしても、早く米松も捕まえないと」

「ああ。今度はもう捕縛はせぬ」

「そうだな。その場で斬り捨ててしまおう」

と、朝井はうなずいた。

町方は米松の顔や背格好をはっきりとは知らない。その分、こっちが有利のはずだった。

九

米松は走っていた。やたらと見張りが多い。暗くなった店の軒先に、用水桶の陰に、岡っ引きやら下っ引きがひそんでいる気配だった。現に、米松がふいに走る速度を上げると、そいつらは慌てて飛び出してきた。

もうこのあたりの菓子屋はあらかた探った。おくみは見つからない。どこか別のところに移してしまったのではないか。

疲れが出てきている。速度もずいぶん落ちている。捕まる日も近いのかもしれない。だが、意地でもやめるわけにはいかない。それにやめてしまえば、もうおくみに会える可能性は永遠になくなってしまうだろう。

いったん楓川《もみじがわ》沿いに出た。ここらは材木河岸《ざいもくがし》と呼ばれるところである。その先に海賊橋《かいぞくばし》が架かっていて、たもとに桜の木が一本植わっていた。まだ咲いている木もあるが、ここのはもうすっかり葉桜に変わっていた。

ふいにわきから人が現われた。

見覚えのある男だった。火盗改めの同心の一人だった。この前もこいつに捕まった。執念で追いかけてきたのかもしれない。

「朝井さま……」

朝井は返事をせず、刀を抜いた。闇の中を冷たい光が走った。

いきなりここで斬られるのか。

移送の途中、逃げたのだから、それも仕方がないことかもしれなかった。ただ、あまりにも謎が未解決のまま死んで行くのは悔しかった。

そのとき、闇の中をツバメが飛んだ。

朝井は雷に打たれたように、刀を手から離し、後ろにひっくり返った。

米松はこれ幸いともう一度、逃げた。

楓川沿いに材木河岸の上を延々と走った。直線である。横から誰かが飛び出す気配もない。正面から飛び出されるならともかく、横から来た者は簡単にかわせる。あとはひたすら逃げるだけである。

――ん？

材木町二丁目あたりで、すぐ後ろを追ってきている者がいた。

「追いつけるものなら追いついてみろや」

二人は江戸の町を駆けていく。春が爛熟《らんじゅく》の気配を見せる夜を、二人の男が全力で駆け抜けていく。汗が滴り落ちる。

この追ってくる男は速かった。町奉行所の同心らしい。

飛脚でもこんなに速いやつはなかなかいない。米松は内心、舌を巻いた。

福川竜之助だった。

竜之助は牧岡を訪ねた。すると、朝井という同心となにかしゃべっていたあとで、ふいに姿を消したらしい。

その朝井という同心が臭かった。

竜之助は、徹底して朝井を尾行した。その結果、米松を斬ろうとするところに出会えたというわけだった。

すぐ後ろに、迫った。あとすこし先に、火付け盗人がいた。手を伸ばせば摑むこともできそうである。だが、ふいにこの男に言うべきことがあったのを思い出した。

「必ず会わせるから。娘の特徴を言え」

と、あとをつけながら言った。

「え？」

米松は怪訝《けげん》そうに振り向いた。

「これで捕まったら、娘には会えねえぞ」

「…………」

米松の顔が苦しげに歪《ゆが》むのが見えた。

「早く言え。おめえの娘は絶対に生きてる。おいらが見つけて会わせてやる。娘の特徴は？」

「すごくかわいい顔をしてるんで」

「子どもはみんなかわいいんだ。娘にしかないものを言え」

「左肘の裏に二寸四方ほどの痣《あざ》が」

「ほかには？」

「うなずくときにきゅっと奥歯を嚙みしめるくせが」

「どういうことだ？」

「見るとわかります。あんな表情をする子は見たことがねえ」

横道から矢崎三五郎が走ってくるのが見えた。

竜之助はそこで力つきた――ふりをした。もう、矢崎にまかせても大丈夫そうだし、矢崎の目の前で竜之助が捕まえでもしたら、これからどれほど針のむしろに座りつづけなければならないか。毎日、三十回ほど悔しげな視線で見られなければならないだろう。そんな勇気はとても持ち合わせていなかった。

米松は南町奉行所の矢崎の手に落ちた。

十

米松は、おくみが菓子屋とか饅頭屋に入りこんだと思っていた。だが、竜之助はそうとは限らないのではないか、と思った。大店《おおだな》は客に茶や菓子を出して、お得意さまを饗応《きょうおう》する。その席にすっとまぎれてしまうことだってある。

大店——。

そこはやはり高い塀がある。目には見えなくても、塀は店をぐるりと覆っている。

客に向かっては開いていても、それは表の顔。偽りの顔なのだ。

町方の同心なんぞは店の前をうろちょろすることさえ嫌がられる。なにか訊こうとすれば、奉行所の者の名を出される。もちろん同心ではない。与力である。しかも、こっちが南とわかれば北の与力の名が出る。下手すれば奉行の名や、幕閣の名まで出てくる。

それからそっと店の奥に招かれ、袖の下がすこし重くなる。これを無理やりつ

き返し、

「小さな女の子がここらで行方不明になっているのだ」

と告げようが、

「さて、それは手前どもはまるで存じ上げませんな」

笑みこそ浮かべているが面《つら》の皮は大太鼓並みにぶ厚そうな手代に、困った顔でため息をつかれるばかり。さすがに家捜しはできない。

竜之助は足が棒になるほど歩きまわったあと、

「福川さま」

後ろから声をかけられた。

きれいだが、なんとなくとぼけた調子の娘がいた。

「よう、おこうちゃんじゃないか。元気だったかい?」

「ええ。おかげさまで」

犬の辻斬りの事件で関わった娘だった。あのとき恋仲になった肥前《ひぜん》藩の藩士、上原慎之介《うえはらしんのすけ》のところに嫁に行くことになったと、与力の高田からは聞いている。

通二丁目の大きな菓子屋〈玉坂屋《たまさかや》〉の娘である。一人娘で、跡継ぎがいなくなるのではないかと心配したが、とりあえずいまのあるじは元気なので、おこうが産んでくれるかもしれない次男、三男に期待するといったところらしい。

おこうのところも火付け騒ぎはあった。だが、すぐに消し止めた。その報告はすでに竜之助のところにも入っていた。

「火付け騒ぎで鬱陶《うっとう》しいことだろう？」

「いいえ。そう何度もあったわけではないですし」

と、おこうはあいかわらず暢気な顔である。

愛犬のちょびはいまは足元にいないから、家の中で昼寝でもしているのだろう。

「ところで、このあたりで何か小さな女の子のことでおかしなことが起きたりしてねえかい？」

竜之助が訊ねると、おこうはすぐになにか思い当った顔をして、

「そっちに両替屋があるでしょ」

と、指差した。〈播磨屋《はりまや》〉という看板がある。「そこの娘さんが二年くらい前に亡くなったんです。以来、おかみさんがちっとおかしくなっちまって」

「どんなふうに？」

「一日中、二階の窓から下を眺めて、通り過ぎる子どもを眺めていたんです。ほ

ら、そこの窓から」

と、二階の格子戸を指差した。

こっちから中は見えにくい。だが、下を歩く者の顔はよくわかる。

「いまもいるかい？」

「いいえ、このところは眺めてません。おかみさんの機嫌もよくなってました。あれってほんとに頭の調子がもどったのでしょうかね」

「いるのかい、この店に？」

おこうは首を横に振って、

「たぶん、根岸《ねぎし》の別宅です。前にうちの別宅があったところのすぐ近くですよ」

おこうがいっしょについてきた。

まもなくいっしょになるはずの許婚《いいなずけ》が怒るのではないかと心配になる。

「そんなヤキモチを焼くような人だったら、お嫁になんか行きませんよ」

と、おこうはあくまで強気である。

根岸の里はひさしぶりである。大店の隠居たちが見栄えのいい別宅を構えている。

両替屋の別宅も瀟洒《しょうしゃ》なつくりだった。

その庭に女と小さな女の子がいた。

「あの人が両替屋のおかみさんです」

と、おこうが小声で言った。

竜之助が近づくと、おかみは女の子を抱えて逃げようとした。

「清七《せいしち》！」

と、おかみが叫んだ。

向こうで若い手代らしき男が、はっとなって立ちつくした。やさしげな顔。こいつが最初におくみに声をかけたに違いない。

竜之助はいささか乱暴だったが、走って竹垣を飛び越え、家に駆け込もうとするおかみから女の子をもぎ取った。

「おくみちゃんかい？」

うなずくと、奥歯を噛みしめたらしく頰がきゅっと動いた。痣など確かめるまでもない。本当にこんな表情をする子どもは初めて見た。

米松が火付けをしたのは確かである。まかり間違えば、江戸が火の海になったかもしれない。本来なら打ち首獄門を言い渡されて当たり前だが、娘を捜すためにやったことだし、盗人行為も働いていない。情状は酌量され、島送りと決まった。

奉行所からいったん小伝馬町の牢屋敷に移送されるとき、竜之助はあらかじめ米松に告げておいた。

「米松。この前の約束は果たすぜ」

「旦那、まさか」

「ああ、おくみは無事だったぜ。大横町《おおよこちょう》と鉄砲町《てっぽうちょう》の四つ角に立たせるからな。しっかり見るんだぞ」

「はい」

米松は大きくうなずいた。八丈島《はちじょうじま》に行けば、無事にもどって来られる保証はどこにもない。見納めになる確率はきわめて高い。

「だが、声はかけねえほうがいいと思う。かわいそうだからな」

「わかりました」

そう約束させた。

米松は唐丸《とうまる》駕籠《かご》に乗せられた。竹で編んだ笊《ざる》をかぶせたような駕籠だが、中からは通りがのぞけても、通行する者のほうからだと顔は見えにくい。

おくみは、文治のところの、子どもによく懐《なつ》かれる下っ引きに手を引かれてやって来ていた。片手に買ってもらった風車《かざぐるま》を持っている。口がもぐもぐしているのは、飴でも舐《な》めているからだろう。

竜之助はそこまで駕籠に寄り添ってきたが、おくみがいたのでそちらに寄った。米松が約束を破って騒げば、おくみを連れ去るつもりだった。父親のあんなざまを子どもには見せたくはないし、逆におかしな衝撃を残せば、これからの父親がいない暮らしに耐えていくのが辛すぎるものになるかもしれない。

心配したが、米松に騒ぐ気配はなかった。

駕籠は静かに、おくみのいる一間ほど前を通り過ぎた。

すると、おくみは何かを感じたのだろう。

ふいに落ち着かなくなった。ぴょんぴょんと背伸びするように跳び、

「ちゃん」

と、叫んだ。

「え？」

「ちゃん。おくみだよ。おくみはここにいるよ」

きょろきょろしながら両手を振った。ふざけているわけではない。必死な顔をしている。

違うほうを見ている。駕籠はすでに通り過ぎたあたりで、そこでは荷馬車がゆっくりと引かれていくところだった。

それでも、父親が近くにいるのがわかったのだ。

もしかしたら、米松が声を出して呼んでいるのか。だが、耳を澄ましても米松の声はまったくしていない。

「ちゃん。どこ？　おくみだよ。早く、見つけてよ。おくみはここにいるよ」

おくみはまだ叫んでいる。

駕籠が揺れていた。米松が叫びたいのを我慢しているのに違いなかった。

十一

「え？」

と、さびぬきのお寅は顔を上げた。

お寅の前で四人の子どもたちが飯を食べている。おかずは納豆に佃煮、あとはネギを刻んだみそ汁がある。お寅は料理が好きではない。しかも食べ盛りが四人である。うまいものを食わせようなどと思ったら、飯のことばかり考えていなければならない。

お寅はスリの親分である。綽名《あだな》の由来にもなった、握り寿司からわさびだけを抜き取る手技は、もはや伝説となっている。

現役は退いたが、十人を超す子分たちに指図し、儲けをあげさせ、なおかつ町方につかまらないよう気をつけてあげなければならない。けっしてお茶ばかり飲んでいる大店のおかみさんのように暇人ではない。

だから、子どもたちの飯も手のかからないものだけを並べる。納豆、冷や奴、佃煮、たくあん。その組み合わせだけ。

だが、量で不自由はさせない。気前よくどぉーんと出す。それで子どもたちもけっこう満足している。

「いま、なんか言ったかい？」

と、お寅は訊いた。

「ううん」

四人の子どもたちはみな、首を横に振った。

「おかしいね」

誰かが呼んだ気がしたのである。子どもの声が。

「まったく、もう」

憎たらしそうにいちばん端《はし》の男の子を見た。

三人でやめるつもりだった。もうこれ以上は引き受けるつもりはなかった。

新太、おみつ、金二《きんじ》、そして四人目の松吉《まつきち》。

なんと、おみつに弟がいたのである。昼のうちにいなくなったと思っていたおみつが、夕方になってもどってきたら、

「お寅さん、あたしの弟の松吉……」

と、紹介してくれたというわけである。

そんなことは聞いていない。

「弟なんていたの？」

「忘れてたの。急に思い出したの。この子を預けていた家といっしょに」

「急にねえ……」

だが、子どもは子どもなりにつらい思いをしている。

ほんとにつらいことは、自分でも忘れたいのだろう。それは気持ちの奥に押し込んでしまうのではないか。

だから、おみつが言うこともありうることかもしれない。

連れてこられてしまったら、どうしようもない。すぐに諦めた。近ごろは罰だと思うようにしている。

子どもを捨ててきた罰。

すがりつく子を突き飛ばすように逃げてきた罰。

それにしても四人である。もう、いいのではないか。この子たちはなんとしても飢えさせずに大人にしてみせる。

もっとも長屋のおかみさんあたりは、七人八人くらいの子持ちはいくらもいる。裏の長屋には十二人を産んで育てたおかみさんもいる。もっとも、うち三人はグレてしまったし、二人は吉原にいる。子どもなんて多ければいいというものではない。

だが、どこかで呼ぶ声がしたのはなんだろう。

「嫌だよ」

と、お寅は言った。

四人の子どもたちは不思議そうにお寅を見た。

「あんたたち、もう仲間は欲しくないよな?」

お寅が訊いても子どもたちはすぐには答えない。うっかりしたことを言うと、怒られるからである。

「なんだよ、怒らないから言いな。新太」

「いてもいいよ」

「おみつは？」

「あたしも」

おみつが言うと、金二と松吉もうなずいた。

「なんだよ。まだ、増えてもいいのかい。そりゃそうだよな、あんたたちは遊んで飯食ってりゃいいんだから」

お寅の眉《まゆ》がきりきりとネジでも巻かれたように上がってきた。

それを見ると、子どもたちはそっと目を伏せ、またおいしそうに飯を頬張り出した。

米松の駕籠が牢屋敷の門をくぐるころには、おくみも落ち着いていた。自分でもなぜ騒いだのかわからず、すこし照れ臭そうだった。

父親のことは口に出さず、竜之助はおくみに言った。

「さて、これから面白いところに行くぜ」

「面白いとこって？」

「友だちがいっぱいいるんだ。愉快な連中なのさ」

おくみもまたお寅に預けるしかなさそうだった。

「罰ですよね」

お寅の泣き笑いする顔が見える気がした。

お寅は自分で言うほどに、ひどいことはしていないように思える。それに、いま、お寅のところには四人の子どもたちがいるらしい。

仲間がいる。それはこれからのおくみの人生で大きな支えになってくれるはずである。

一息つく思いだった。

ただ、まだ決着はついていない。火盗改めの二人の同心。どうやら知らぬが半兵衛を決め込んでいるらしい。

――あいつら、絶対に許さねえぞ。

十二

竜之助は二人の前にのっそりと現われた。

火盗改めの役所を出て、これから二人でいっぱい引っ掛けようというつもりらしい。この先には、ざっかけないつくりの飲み屋が四、五軒並ぶ一画がある。とはいえ、二人ともとても楽しい酒になりそうな顔ではなかった。

前に立った竜之助を見て、

「なんだ、きさま」

と、朝井が言った。言いながら、小田恭吾とうなずきかわした。小田は静かに竜之助の背後に回ろうとしていた。

「罪もねえ真面目な男を極悪非道の罪人に仕立て上げ、まだおめおめと火盗改めの職にとどまろうなんて、そんなこたぁ天は許さねえと思いますぜ」

「おめえかい、ハエみてえな町方は」

と、朝井が竜之助の注意を逸らすように大きな声で言った。

「ええ。牧岡さんはどこに行きましたか？」

「そなたの知ったことではない」

朝井と小田は両脇に竜之助をはさむように離れてから、刀を抜いた。

朝井の横なぐりの剣と、小田の上段からの剣が同時に来た。朝井の剣は身体をひねってかわし、小田の剣は十手で受けてはじき返した。朝井の体勢はよろけたが、小田は踏み込んでくる。太刀先の鋭さも、小田のほうが朝井をはるかに上回る。

「抜かぬのか」

「ああ」

「抜けぬのだろう」

言いながら斬ってくる。

がきん。

もう一度、受ける。赤い火花が散る。剣の刃同士が当たるより、十手で受けるほうが火花は多い。勢いの悪い線香花火くらいは出る。

その花火を楽しむかのように、さらに何度か受けた。

「さて、そろそろ試すかな」

と、竜之助が言った。

「なんだと」

「新しい技をさ」

「ふざけるな」

朝井の振りかざした刀に、闇を切り裂いてツバメが飛んだ。下から、ツバメが地を這うように飛んで、いっきに空高く舞い上がるときの動きに似ていた。

朝井の刀の柄に十手の鉤《かぎ》が喰らいつくとすぐ、

「うわっ」

朝井は刀を放し、手を押さえて何度もこするようにした。激しい痺《しび》れが襲ったのだろう。

そこからが、初めて見せる十手の動きだった。

朝井の手元を離れた十手は、宙を回りだした。もちろん、竜之助の操作である。

ただ、ふつうに回れば、十手もまっすぐになって、棒の先をいちばん外にして回るはずである。ところが、竜之助が指先をくいっとどうにかすると、十手は横を向き、ツバメが宙で方向を変えるように、横手から小田の刀に襲いかかった。

「なんだと?」

小田は予想しない動きでいきなり喰らいついてきた十手を、目を見開いて見た。そのとき、紐から十手へと激しい衝撃が伝わった。

「うわっ」

と叫び、刀を手離していた。

そこからは刀を使う必要もなかった。手を痺れさせている朝井と小田の前に立ち、わき腹にこぶしを叩き込む。二人はあまりにもあっけなく、地面に長々と伸びてしまった。

「おい、いつまでも寝かせねえぜ」

倒れている二人を叩き起こすように、竜之助は訊いた。

「牧岡さんがいなくなっている。遺体はどこにあるんだよ？」

「牧岡は死んではおらぬ。播磨屋の蔵の樽の中に押し込んである。今朝もまだ生きていた」

「ほう。腹を切る前に、ひとつだけいいことをしたじゃねえか」

腹を切れと言っているのだ。

もしも切らないなら、こうして何度でも現われてやるつもりだった。

「見たかい、やよい」

やよいが闇の中から現れた。二人と戦うところを見ていたのだ。

にっこり笑ってうなずき、

「ええ。素晴らしい技だと思います」

やよいに新しい技を見てもらったのだ。完成までは何度も試行錯誤をつづけなければならない。それには、他人の意見を訊くのも大事である。

「回っていた十手がふいに横を向き、方向を変えたのには驚きました」

「苦労したもの」

と、竜之助はうなずいた。本当に苦労したのである。微妙な狙いをつけられるよう、十手にすこし細工をほどこした。

「名前をつけたんだよ」

「あの技にですね。なんという名です？」

竜之助は、すこし照れながら言った。

「つばくろ十手。まあ、ツバメが飛ぶところも参考にしたし、刀の鍔《つば》を喰らうようにするだろ」

「まあ、鍔喰らう十手だから、つばくろ十手ですか。かわいい」

「かわいい？　それじゃ駄目だな」

竜之助は首をかしげた。武術の技である。かわいいと思われては、十手も泣くだろう。

「いいえ、かわいいだけじゃなく、凄く俊敏な感じもして、ぐっときます」

「気取り過ぎかな」

「大丈夫。若さまだからさまになるんですよ」

竜之助はいくらか安心し、指先に十手の鉤のところを掛けるようにすると、ひゅひゅひゅひゅううう。

十手をくるくると回し、それからすばやく帯のところに差したのだった。

十三

「わしが勝ったことにするが、それでもよいかのう?」

と、八丁堀の役宅を訪れてきた山科卜全は、遠慮がちに言った。

「はい。まったくかまいません。一筆書きましょうか?」

「おう、そうしてくれると」

やよいに紙と筆を用意させると、

私は一刻におよぶ死闘の末、
たしかに山科卜全殿に敗北いたしました。
無念に候。　　徳川竜之助

名を記し、その下に花押《かおう》を添えた。もちろん、嘘の花押ではない。

「無念に候がいいな」

と、山科卜全は嬉しそうに言った。

「若さま」

やよいがわきから言った。いつもならお茶くらいは持って来るが、それもしようとはしない。

「ん？」

「この方は、それを吹聴なさるかもしれないのですよ」

「そりゃあすこしは」

と、山科卜全はにやりとした。

「ほら、そうでしょう。若さま、真剣を使う必要はないと思いますが、竹刀くらいで相手をしてあげても」

やよいは大いに不満そうである。

だが、山科卜全はやよいの不満など気にしない。

「では、徳川どの。達者でな」

と、背を向けた。

「はい。山科どのも」

結局、この老人が強いのか弱いのかわからないままではないか。

やよいがその不満を言うと、

「強いに決まっているだろうが。あれくらい強いと、弱いのと同じになるのさ」

と、竜之助は笑った。やよいはますますわからない。

山科卜全がその先の角を曲がろうとしたときだった。

歩き出したわきから、馬が荷車を引いたまま暴走してきた。卜全はこの前に立ちはだかると、一瞬、周囲の状況を確かめ、荷車を結んだ綱を断ち切り、返す刀で車輪を削るように斬ったのである。

荷車は傾き、ゆっくり横倒しになっていった。

馬のほうもふいに身が軽くなったのが不安になったのか、一度、後足で立っていななくと、そのまま立ち止まってしまったのである。

山科卜全はなにごともなかったように遠ざかって行く。

「ほらな。あんなことは並の剣の遣い手にできることじゃねえ」

一瞬にして周囲の状況を確かめ、咄嗟《とっさ》に最良の手段を選んだのである。周囲の誰も怪我一つしていない。

「ほんとに」

「よかったよ、戦わなくて」

と、徳川竜之助は心底ほっとしたように言ったものである。

本書は２００９年３月に小社より刊行
された作品の新装版です。

双葉文庫

か-29-43

若《わか》さま同心《どうしん》　徳川竜之助《とくがわりゅうのすけ》【六】

飛燕十手《つばくろじつて》〈新装版《しんそうばん》〉

2021年9月12日　第1刷発行

【著者】

風野真知雄《かぜのまちお》

【発行者】

箕浦克史

【発行所】

株式会社双葉社

〒162-8540 東京都新宿区東五軒町3番28号

［電話］03-5261-4818（営業）　03-5261-4833（編集）

www.futabasha.co.jp（双葉社の書籍・コミックが買えます）

【印刷所】

中央精版印刷株式会社

【製本所】

中央精版印刷株式会社

【フォーマット・デザイン】

日下潤一

ISBN978-4-575-67071-4 C0193

Printed in Japan

風野真知雄　わるじい秘剣帖（八）　あっぷっぷ　長編時代小説〈書き下ろし〉

孫の桃子との「あっぷっぷ遊び」に夢中になる愛坂桃太郎。しかし、そんな他愛もない遊びが思わぬ危難を招いてしまう。シリーズ第八弾！

風野真知雄　わるじい秘剣帖（九）　いつのまに　長編時代小説〈書き下ろし〉

珠子の知り合いの元芸者が長屋に越してきた。いまは「あまのじゃく」という飲み屋の女将で常連客も一風変わった人ばかりなのだ。

風野真知雄　わるじい秘剣帖（十）　またあうよ　長編時代小説〈書き下ろし〉

「最後に珠子の唄を聴きたい」という岡崎玄蕃の願いを受け入れ、屋敷に入った珠子と桃太郎だが、思わぬ事態が起こる。シリーズ最終巻！

風野真知雄　わるじい慈剣帖（一）　いまいくぞ　長編時代小説〈書き下ろし〉

あの大人気シリーズが帰ってきた！　目付に復帰したのも束の間、孫の桃子が気になって仕方がない愛坂桃太郎は江戸への帰還を目論むが。

風野真知雄　わるじい慈剣帖（二）　これなあに　長編時代小説〈書き下ろし〉

孫の桃子を追って八丁堀の長屋に越してきた愛坂桃太郎。大家である蕎麦屋の主に妙に気に入られ、次々と難珍事件が持ち込まれる。

風野真知雄　わるじい慈剣帖（三）　こわいぞお　長編時代小説〈書き下ろし〉

川沿いの柳の下に夜な夜な立つ女の幽霊。桃子の夜泣きはこいつのせいか？　愛坂桃太郎は、可愛い孫の安寧のため、調べを開始する。

風野真知雄　わるじい慈剣帖（四）　ばあばです　長編時代小説〈書き下ろし〉

長屋の二階から忽然と消えたエレキテル。没収しようと押しかけた北町奉行所の捕り方たちも目を白黒させるなか、桃太郎の謎解きが光る。

風野真知雄　わるじい慈剣帖（五）　あるいたぞ　長編時代小説〈書き下ろし〉

長屋にあるエレキテルをめぐり対立してきた北町奉行所の与力、森山平内との決着の時が迫る！愛する孫のため、此度もわるじいが東奔西走。

風野真知雄　わるじい慈剣帖（六）　おっとっと　長編時代小説〈書き下ろし〉

日本橋の新人芸者、蟹丸の次兄が何者かによって殺された。悲嘆にくれる娘のため、桃太郎は真相をあきらかにすべく調べをはじめるが……。

風野真知雄　若さま同心　徳川竜之助【一】　消えた十手　長編時代小説

徳川家の異端児　同心になって江戸を駆ける！剣戟あり、人情あり、ユーモアもたっぷりの傑作時代小説シリーズ、装いも新たに登場!!

風野真知雄　若さま同心　徳川竜之助【二】　風鳴の剣　長編時代小説

憧れの同心見習いとなって充実した日々を送る竜之助の身に、肥後新陰流を操る凄腕の刺客たちの影が迫りくる！　傑作シリーズ第二弾！

風野真知雄　若さま同心　徳川竜之助【三】　空飛ぶ岩　長編時代小説

徳川竜之助を打ち破り新陰流の正統を証明せんと、稀代の天才と称される刺客が柳生の里からやってきた。　傑作シリーズ新装版、第三弾！

風野真知雄　若さま同心　徳川竜之助【四】　陽炎の刃　長編時代小説

珍事件解決に奔走する竜之介に迫る、姿の見えぬ刺客。葵新陰流の刃は捉えることができるのか!?　傑作シリーズ新装版、待望の第四弾！

風野真知雄　若さま同心　徳川竜之助【五】　秘剣封印　長編時代小説

因縁の敵、柳生全九郎とふたたび対峙し、徳川竜之助の葵新陰流の剣が更なる進化を遂げる！　傑作シリーズ新装版、第五弾！